《南县苏区歌谣选》编委会

主　任

王　刚

副主任

付　晓　李　勇　肖　琦

陈　勇　肖　跃

搜集整理

彭佑明

主　编

彭佑明

副主编

俞首成　冷国山　刘　艳

编　委

彭　静　何金华　苏山云

蒋兰英　邓莱香　周铁军

彭佑明 —— 主编

南县苏区歌谣选

九州出版社
JIUZHOUPRESS

图书在版编目（CIP）数据

南县苏区歌谣选 / 彭佑明主编 . -- 北京：九州出

版社 , 2025. 1. -- ISBN 978-7-5225-3460-2

Ⅰ. I277.264.4

中国国家版本馆 CIP 数据核字第 202533473H 号

南县苏区歌谣选

作　　者　彭佑明　主编

责任编辑　陈春玲

出版发行　九州出版社

地　　址　北京市西城区阜外大街甲 35 号（100037）

发行电话　（010）68992190 / 3 / 5 / 6

网　　址　www.jiuzhoupress.com

印　　刷　长沙市精宏印务有限公司

开　　本　710 毫米 × 1000 毫米　16 开

印　　张　13.5

字　　数　150 千字

版　　次　2025 年 1 月第 1 版

印　　次　2025 年 1 月第 1 次印刷

书　　号　ISBN 978-7-5225-3460-2

定　　价　78.00 元

序

◎彭流莹

　　南县是湘鄂西苏区的重要组成部分，是著名的革命老区。在20世纪30年代初，中国共产党领导的苏维埃运动，引起了苏维埃区域天翻地覆的社会变动，在当时革命群众中产生了广为流传的南县苏区红色歌谣。这些歌谣真实、生动、形象地反映了湘鄂西苏区南县社会政治、经济、军事以及文化生活等方方面面的变化，是苏区南县社会历史研究的一个切入点。南县苏区红色歌谣为观察当时社会历史变迁提供了重要的佐证资料，同时，社会的变迁又为苏区红色歌谣的内涵注入了新时代新征程艺术走向的新动力。在南县文联等单位支持下，由南县诗词家协会整理的《南县苏区歌谣选》就要出版了，这是一件可喜可贺的事！

习近平总书记指出，"要弘扬中华优秀传统文化，用好红色文化，发展社会主义先进文化，丰富人民精神文化生活。""保护好、运用好红色资源，加强革命传统和爱国主义教育，引导广大干部群众发扬优良传统、赓续红色血脉，践行社会主义核心价值观，培育时代新风新貌。"这本《南县苏区歌谣选》，就是红色文化和红色资源，是南县老革命根据地人民的心声，是革命时代的产物，是革命人民感情的真实记录。这些红色歌谣在团结人民、教育人民、打击敌人、消灭敌人的斗争中，曾起到过很重要的作用。苏区南县人民拥护共产党、拥护红军、拥护革命政权，他们把革命当作自己的生命，把革命当作他们无上光荣的旗帜。国民党用尽全力进攻红色区域，老革命根据地人民和红军一起，用生命和国民党反动派决斗，粉碎了敌人的"围剿"，开展了革命战争。这光辉灿烂的一页，也是革命前辈用生命和热血留给我们后人的一份宝贵精神财富。

　　当时南县地域范围内，反映土地革命战争时期的苏区红色歌谣，主要是作为朗朗上口、易传诵的听觉艺术进行传播的；因此，能够在战争状态下，直观有效地在短时间内取得感人的效果。这些红色歌谣是工农群众喜闻乐见的艺术形式，最能抒发革命豪情，并适合进行广泛传唱。这些歌谣反映了南县苏区人民的心声，是劳动人民感情的真实记录，在革命斗争中起到了很大的鼓舞作用。南县苏区红色歌谣，密切地配合了当时的政治与军事斗争，通过歌谣这一有力的艺术武器，激励了红军战士对敌斗争的信心，表现了他们勇敢乐观的精神。作为扎根人民群众的艺术，苏区歌谣反映了现实并服务于现实，为当时的社会文化、政治军事的需要而服务。这也是苏区文艺得以广泛深入发展，发挥作用的至关重要的一点。

南县红色歌谣与苏区人民的密切关系，体现在人民群众既是红色歌谣创作和演唱的主体，同时也是红色歌谣的受众上。苏区红色歌谣是民间音乐文化中的一束奇葩异卉，又是这束花中最为艳丽的花朵。红色歌谣植根于苏区，它们有着深厚的民歌传统，这主要得益于文学大众化实践的影响和中国共产党的大力推动等。苏区红色歌谣是民间叙事抒情这一传统体裁政治转化和嫁接的直接结果，也是在民间山歌土壤中孕育成长起来的，是记录当时鲜活思想、深厚情感、生动形象、斗争场景的历史画卷。

当然，南县苏区红色歌谣的创作主体是当地的人民群众，他们用自己的语句创作出来的歌谣，道尽了心坎里面要说的话，既为大众理解，又为大众所传诵，是人民大众所欣赏的艺术。在面对现实、争取新的生活时，打土豪、分田地、斗地主、当红军、争政权、享民主，都成为那个时期他们生活中最重要的内容。实际上，苏区时期的红色歌谣，都是"无名"的，很难认定是谁创作的；在体现明显的地域色彩的同时，更多是代表了民众的共同心声，以一种抒情的大众的方式存在着。

南县苏区红色歌谣在较短时间里得以迅速发展，受到广大军民的喜爱，有其新意所在。其创新之处主要体现在如下几个方面：一是面对新生活的刺激。苏区民众内心所受到的刺激与生活感觉都在变化，给予他们的是新鲜的事与理，这大大地激发了其内心潜藏的创新意识，他们以创作红色歌谣等文艺形式来反映新生活、新感受，赋予文学以新的内涵。二是苏区时期红军也办有一些报刊，如谢觉哉担任编辑的报纸，为红色歌谣提供了发表的园地。这些歌谣作品传唱迅速，时效性很强，特别是紧扣苏区生活实际的作品，刊登后传播速度快、影响广、受众多、效果好。三是报纸杂志的征集活动推进了苏区红色歌谣的发展。苏区凡在群众中流行的山歌小调，结合民众自己编唱的山歌内容，刊载传播后都大受欢迎。这种多元的作品交流、碰撞使得苏区红色歌谣兼取艺术优长，反过来又推动了红色歌谣的创作。四是传统文艺作品的移植，使之出现新的艺术形态。苏区文艺结合新环境、新内容，获得广泛认同，产生重要反响，受到大家的欢迎。苏区南县所在地所覆盖的地区富有洞庭水乡文化色彩，其使用的语言、所表达的事项、所接纳的民间文艺特质，都具有丰富的内容。从歌谣创作主体的身份角度去观察，他们所"创作"出的这些"作品"又都是大众特色的，没有"高深的"形式与技巧，也没有无病呻吟的矫情，他们只是直抒胸臆，想说的、想唱的、所乐的，都是自己生活中的实际状况而已，是一种自然的天籁之作。

南县苏区红色歌谣的作用：一是以歌谣鼓励人们英勇杀敌。歌谣负载着宣传功能，促使苏区各界力量争当红军等。二是体现出重要的教育功能。那些最为日常的、与生活生产息息相关的内容都与红色歌谣联系起来，反映出了昂扬向上的情调。三是以苏区红色歌谣开展宣传发动工作是苏区常用的方法。宣传提高了群众思想觉悟，他们认识到红军是自己的队伍，要保住胜利果实必须壮大人民武装力量，于是出现了父送子、妻送夫以及兄弟、姐妹互送的参军的感人场面。四是以苏区红色歌谣正面歌颂红军领袖。民众对土地革命、政权建设及红军到来后的喜悦之情，充分体现在人们所真诚歌唱，并充满浓郁情感、朴实语言、真心赞美的歌谣之中。五是苏区红色歌谣表达了下层民众的真实情感。如歌咏参加红军对亲人或参军男女的依恋之情，记录此种情境下表达情感的各种赠品与纪念物等。六是红色歌谣慰劳红军成为军民重要的精神食粮。七是苏区红色儿歌童谣在各项工作开展中发挥出了特殊作用，在歌谣叙事方式上也显示出特别的个性。苏区红色歌谣继承了传统文学中的艺术表达精华，又在苏区时期将民众的社会生活与地域文化相结合，体现出了新气象，呈现了新的艺术精神。

总之，南县苏区红色歌谣是苏区人民用来表达自己所思所想的重要方式。他们用自己熟悉和喜欢的文艺形式来抒发和赞颂生活所发生的重大变化，感情真挚，艺术感染力强，而且他们在编唱时还使用了多种艺术手法，使得传播的接受效果更加明显。苏区时期的红色歌谣在战争文化这个"大传统"中，注入洞庭水乡民间文化这个"小传统"中来，引起了苏区民众精神面貌的变化与社会的变迁，对后来的文化发展产生了深刻影响。

习近平总书记强调："红色是中国共产党、中华人民共和国最鲜亮的底色。""要把红色基因传承好，确保红色江山永不变色。"新时代新征程，我们要始终坚持大力弘扬革命红色文化，从中汲取强大的精神动力，团结奋进、勇毅前行。

我的家乡南县，在国庆75周年暨南县苏维埃政府成立95周年之际，由南县诗词家协会集合这些苏区红色歌谣出版，并加以推广研究，仍有较大的现实意义，对于发展社会主义先进文化，更是有着重要的学术意义和文献价值。

是为序。

2024年10月9日

（彭流萤系中国文联电影艺术中心编审、中国艺术研究院博士、中国社会科学院博士后）

M^{U LU} 目 录

序 歌

红色歌谣万万千

一把芝麻撒上天，
红色歌谣万万千。
出口能够解忧愁，
一唱浑身力量添，
一人唱来万人传。

第一辑

共产党是救命人

拿枪投奔段德昌

要想翻身快拿枪，
拿枪投奔段德昌。
段德昌带我跟党走，
顶天立地求解放！

注：段德昌（1904—1933），
南洲厅九都山（今湖南南县
九都山）人，曾任红六军军
长、中华苏维埃共和国临
时中央政府执行委员等职，
是湘鄂西苏区主要创始人
之一。周逸群，亦系湘鄂
西苏区主要创始人之一。

常胜将军段德昌

常胜将军段德昌，
湘鄂西区威名扬，
带领红军杀白匪，
用兵赛过诸葛亮。

注：在湘鄂西区红军将领
中，段德昌百战百胜，被
誉为"常胜将军"。

段德昌带兵打胜仗

荷花吐艳湖水荡，
蜜蜂飞来采花忙，
小船穿梭荷丛里，
湘鄂西区摆战场，
段将军带兵撒罗网。

白匪荷枪湖堤上，
眼像豺狼射凶光，
湖中布满游击队，
熊熊怒火出枪膛，
段将军带兵灭豺狼。

群群敌人倒湖旁，
个个都把狗命丧，
湘鄂西区传捷报，
锣鼓声中红旗扬，
段将军带兵打胜仗！

共产党好比春天到

世上穷人如竹笋，
今年砍了明年生，
共产党好比春天到，
春风吹过春雨淋，
万竿齐发向长空！

洋硝铜块造炸弹

段德昌，有板眼，
洋硝铜块造炸弹，
敌人吃了"铜西瓜"，
胀破肚子上西天。

段将军带我闹革命

天上有颗北斗星，
地上有盏指路灯，
段将军带我闹革命，
刀山火海往前冲！
注：南县曾有成千上万的
青年农民参加红军。

湖区只盼段德昌

饿了只盼饭喷香，
冷了只盼出太阳，
红军只盼打胜仗，
湖区只盼段德昌！

第一辑 共产党是救命人

来了救星是红军

钱是胆来地是根，
无钱无地难死人，
冷天冻得身打颤，
一天饿得头发晕，
走到街前无人问，
七亲八戚不认亲。

来了救星是红军，
分田分地救穷人，
有了钱来壮了胆，
分了田地扎了根，
白匪想护还乡团，
谁不揍他是龟孙！

好像天将带天兵

船靠舵，箭靠弓，
穷人靠的大救星，
毛泽东带领红军走，
好像天将带天兵。

专为穷人谋幸福

世上只有穷人苦，
天天吃的糠糊糊，
一家人穿一条裤，
老少瘦得皮包骨，
听说来了段德昌，
专找穷人拉队伍，
带领红军杀白匪，
只为大家谋幸福。

红太阳是共产党

星星怎比月亮光，
月亮怎比红太阳，
太阳一出驱黑暗，
红太阳是共产党，
照得穷人暖洋洋。

洞庭湖水宽又长

洞庭水，宽又长，
滚滚南流通海江，
渔船纷纷来下湖，
捕捞岁月勤撒网，
歌声连天唱革命，
翻身要靠共产党，
船头站着赤卫队，
船尾坐的段德昌，
红军处处爱穷人，
同打江山万年长。

段德昌是大救星

段德昌是大救星，
恩情更比爹娘深，
带兵打下南洲城，
消灭几多白匪军，
救出几多受苦人。

共产党是救命人

红军大队已来到，
穷人有仇能够报，
黑暗年月过去了。

组织贫农打土豪，
分了田地真正好，
受苦的人翻身了。

军民团结一条心，
坚决消灭白匪军，
百姓人人享太平。

大家一齐下决心，
快快起来闹革命，
参加红军真光荣。

共产党领导我穷人，
建设民主万年春，
共产党是救命人！

不忘英雄段德昌

沱江碧波水流长，
梧桐树上落凤凰，
树有根来水有源，
红军到处打胜仗，
不忘军长段德昌。

来了救星段德昌

红星一颗头上戴，
钢枪马刀有光彩，
来了救星段德昌，
鲜红旗帜迎风摆，
参军队伍一排排。

段德昌指挥真英明

洪湖出发向洞庭，
一队红军夜行军，
段德昌来到花甲湖，
一声令下降天兵。
打死敌人活捉官，
消灭南县反动军，
百姓上街放鞭炮，
段德昌指挥真英明。

注：1930年6月，段德昌
带兵打下南县城。

山歌唱得天地亮

山歌唱得天地亮，
红军英雄段德昌，
一支短枪闹革命，
拉支队伍搞武装，
灭了白匪傅祖光。

注：1928年冬，段德昌带
领红军游击队消灭了白匪
傅祖光一营人。

段德昌打下南县城

段德昌打下南县城，
红军纪律最严明，
打开牢门把人放，
打开粮仓把米分，
他是穷人大救星。

共产党的恩情长

沱江流水清悠悠，
碧波粼粼日夜流，
共产党的恩情长，
好比长河无尽头，
革命认定跟党走。

打仗好比老虎猛

九都山上太阳红，
段德昌进南洲城，
打倒白匪搞武器，
打倒土豪济贫穷，
打仗好比老虎猛。

红军上了九都山

红军上了九都山，
革命有了立脚点；
段德昌回到九屋场，
地是根来枪是胆，
有地有枪胆包天。

第一辑　共产党是救命人

带支人马搞武装

周逸群，段德昌，
带支人马搞武装。
出去人人空着手，
回来个个有支枪。

人心向着共产党

天上星星伴月亮，
地上百鸟朝凤凰，
穷人爱的是田地，
人心向着共产党。

第二辑

天下穷人大翻身

革命不干怎成功

太阳不出不光明，
大路不走草丛生，
穷根不断怎生活，
山歌不唱心里闷，
革命不干怎成功？

闹他一个红满天

辣椒当成盐，
豆腐来过年，
一条裤子共了穿，
保长上门来派捐，
这是什么鬼世间！

要命只有命，
要钱真没钱，
一条老命拼百年，
加入红军杀白匪，
就闹一个红满天！

世上穷人红军爱

世上穷人红军爱，
抱团结伙朝前迈，
土豪劣绅全打倒，
工农掌权走上台，
腰杆从今挺起来！

少女扮作老妇人

听说来了白匪军，
个个活活吓掉魂，
本是青春年少女，
打扮成了老妇人，
脸上抹的锅底黑，
身上穿的老补丁，
前边短发向后梳，
罩上一块破手巾。

扫除阴云天放晴

扫除阴云天放晴，
打倒财主不受穷，
要想过上好日子，
快跟红军闹革命，
谋求幸福享太平。

想起不甘心

想起不甘心，
连夜起身投红军，
有枪就敢打天下，
消灭土豪和劣绅，
穷人上台掌乾坤。

放牛歌

放牛过塘坡，
青草多又多，
牛儿饱又壮，
主家笑呵呵。
放牛过山坡，
草场好广阔，
主家吃鱼肉，
残汤归我喝。
放牛过河坡，
青草连水波，
今日丢牛鞭，
投奔红军哥。

一起消灭还乡团

走了红军盼回返，
天塌地陷心不变，
只要早见红军面，
吃了黄连心也甘，
一起消灭"还乡团"！

注：红军走后一些地方"还
乡团"又来了，所以穷人
盼红军返回消灭还乡团。

打下江山得幸福

财主吃得像头猪，
我家饿得皮包骨，
与其坐着来等死，
不如快投红军去，
打下江山得幸福。

拨开云雾见太阳

一根船篙两丈长，
穷苦渔民苦难当，
有天船头风浪起，
来了红军甜心上，
拨开云雾见太阳。

投得红军好报仇

新打磨子槽对槽，
穷人财主刀对刀，
投得红军好报仇，
杀尽劣绅和土豪，
幸福日子千秋好！

穿山越水投红军

寒冬腊月雪纷纷，
保长带人抓壮丁，
连夜飞奔出门去，
穿山越水投红军，
抛头洒血也甘心。

妹跟郎去投红军

哥有情来妹有心，
一条丝线一根针，
郎是花针妹是线，
针行一步线来跟，
妹跟郎去投红军。

剪掉辫子当红军

桃树开花朵朵红，
离开灶台走出门，
报名来到苏维埃，
剪掉辫子当红军，
牺牲生命也甘心。

大家同心打刀枪

叮叮当，叮叮当，
你我都来打刀枪，
你挥锤，我拉箱，
他夹铁块放火上，
煤炭上得饱又满，
风箱拉得呼呼响，
铁块烧得红通通，
炉火烧得亮堂堂，
铁块夹在砧子上，
锤子打得响叮当，
打出尖尖刀枪来，
大家同心用力量，
拿起刀枪作战去，
打得白匪喊爹娘。

第二辑　天下穷人大翻身

红军歌

红军都从工农起，
曾受豪绅多少气，
垄断我政治无地位，
剥削我经济足难立，
一年到头苦无比。

解除痛苦需革命，
赶快团结向前进，
抱成团体结得紧，
贫穷阶级认得清，
工农专政打敌人。

革命打仗最要紧，
要与敌人拼死生，
斗争脚步要站稳，
手中枪口要瞄准，
不让敌人逃性命。

革命任务要认清，
忍苦耐劳去担任，
我们不怕饥与寒，
我们不问死与生，

坚决英勇作斗争。

工农兵是一家人，
同条战线要扎紧，
凶恶白匪齐打倒，
反动军阀一扫清，
贪官污吏无处行。

打倒敌人革命成，
社会一切皆平等，
人人都有房子住，
个个都有田地耕，
饱食暖衣共光荣。

共产主义要实行，
个个都是自由人，
享受黄金的世界，
欢度宝贵的光阴，
整个人间都和平。

妇女歌

妇女自古就可怜，
穿耳缠足不周全，
终日里，闺阁间，
时时不敢起围帘。
在家只准孝父母，
嫁后只准敬夫男，
一生如同当奴隶，
从来不敢有所言，
财产与你没有份，
儿女不与你相干。

妇女快快要觉醒，
组织妇女团结紧，
自己为了求解放，
一心为了要翻身，
赶快同那工农兵，
共同一道闹革命，
推翻世上旧礼教，
打破人间旧家庭，
包办婚姻都铲除，
封建思想一扫清！

放牛歌

放牛伢子实在苦，
可恨那些狗地主，
他们把人不当数，
心肠歹毒赛猛虎。

心中苦仇说不完，
天天过日如过关，
何日能把天星换，
放牛伢子把身翻。

放牛伢子团结起，
我们个个都齐心，
一下踏进革命门，
人人争当好红军。

举枪打倒狗东家，
再把可恶土豪抓，
湖霸劣绅一起打，
砍树就要连根拔。

青年歌

红日初升曙光起，
青年工农笑嘻嘻，
前进呵兄弟姐妹！
哎哟咿呀哟，
前进呵姐妹兄弟！

资产阶级只要钱，
减少工资加时间，
学徒们实在可怜。
哎哟咿呀哟，
学徒们实在可怜。

豪绅地主更刻薄，
青年工农受折磨，
日夜心里不快活。
哎哟咿呀哟，
日夜心里不快活。

没有饭吃没衣穿，
一年四季受饥寒，
这个世道真扯淡。
哎哟咿呀哟，

这个世道真扯淡。

不怨娘来不怨爹，
只怪国民党造冤孽，
这个世道要消灭。
哎哟咿呀哟，
这个世道要消灭。

好了好了真好了，
革命高潮已到了，
旧制度都要打倒。
哎哟咿呀哟，
旧制度都要打倒。

我们高举赤色旗，
世界青年团结起，
定能最后得胜利。
哎哟咿呀哟，
定能最后得胜利！

穷人歌

穷人真可怜，
缺油又断盐，
一天三顿真为难，
哪嗨哟！真为难。

富人毒心多，
不但借不着，
开口还要讲啰唆。
哪嗨哟！讲啰唆。

钱粮借不到，
急得往家跑，
一家生活何得了，
哪嗨哟！何得了。

自思又自叹，
实在无法想，
一头遇到共产党，
哪嗨哟！共产党。

党员说得好，
农友心莫焦，

革命高潮到来了，
哪嗨哟！到来了。

穷人要齐心，
大家团结紧，
打倒地主把田分，
哪嗨哟！把田分。

地主谷儿囤，
分给我贫民，
眼前有吃不急人，
哪嗨哟！不急人。

分了田和地，
自耕又自吃，
这样生活才彻底，
哪嗨哟！才彻底。

妇女革命歌

农民妇女们，
都是可怜人，
想起过去不平等，
实在好伤心。

农民妇女们，
都是穷苦人，
缺油少盐吃两顿，
儿女吵烦人。

农民妇女们，
大家别伤心，
东西南北有红军，
搭救我穷人。

红军闹革命，
消灭不平等，
不准豪绅剥削人，
男女都翻身。

胜利就靠工农兵

共产主义高潮起，
农友听我把话提，
红军到处打游击，
长枪缴了几千支，
老乡一听笑嘻嘻。
叫声老乡你听清，
红军敢于打敌人，
枪林弹雨打冲锋，
杀得白匪命归阴，
胜利就靠工农兵！

工农被逼拿起枪

工农被逼拿起枪，
惊天动地反老蒋，
革命武装建立起，
冲锋陷阵向前方，
反动势力快灭亡。

穷人革命要团结

荞麦开花一片白，
茄子开花紫红色，
红军来了花盛开，
白匪来了花落叶，
穷人革命要团结。

石榴开花心里红

石榴开花心里红，
青年同志要英雄，
坚决斗争是出路，
加入红军最光荣，
英勇杀敌立奇功。

工农团结歌

竹笋出土尖又尖，
工农团结不怕天，
天塌有我工农顶，
地塌有我工农填，
共产党引路齐向前。

唱歌要唱革命歌

打锣要打苏州锣，
唱歌要唱革命歌，
唱起山歌想以前，
做起事来劲头多，
当家作主全由我。

第二辑　天下穷人大翻身

革命四季歌

春季桃花遍地红，
可恨一般寄生虫，
工农士兵联合起，
组织武装来暴动，
建立苏区打冲锋。

夏季荷花满池塘，
到处工农闹忙忙，
工农士兵联合起，
不怕白匪来清乡，
要夺炮弹机关枪。

秋季菊花满篱香，
到处工农闹武装，
跟着红军来战斗，
吓得豪绅无处藏，
军阀走狗一扫光。

冬季梅花对雪放，
政府大印放红光，
土地问题都解决，
丰衣足食日子强，
完成革命幸福长。

我俩如今配成双

灯里无油芯不亮，
塘里无水鱼难养，
假如没有苏维埃，
两人还在坐班房，
哪能自由配成双。

不平不平太不平

不平不平太不平，
半边下雨半边晴，
穷人吃的苦苦菜，
富人天天吃山珍。
不平不平太不平，
擦干眼泪闹革命，
跟着红军打天下，
报仇雪恨享太平。

快去参加共产党

裁缝穿的补衣裳，
农夫种田空米缸，
这种生活怎么过，
快去参加共产党，
工农衣食有保障。

五的歌

命是县长的，
钱是区长的，
堂客是乡长的，
鱼肉是乡丁的，
茶酒是保长的。

自有光明路一条

北风一起雪花飘，
贫民日夜受煎熬，
打倒豪绅与军阀，
自有光明路一条，
共产社会乐逍遥。

穷人只望共产党

三更一过望天明，
六月禾苗望雨淋，
穷人只望共产党，
好像孩儿望母亲，
一年四季无忧心。

第二辑　天下穷人大翻身

葵花向日凤恋凰

葵花向日凤恋凰，
亲生儿子恋爹娘，
百姓都跟红军走，
百姓永跟共产党，
百折千回向前闯。

永远跟着共产党

工友农友举梭镖，
革命暴动打土豪，
永远跟着共产党，
湖乡烽火燎原烧，
谁要阻挡我不饶。

百姓靠的是共产党

屋靠梁撑桥靠墩，
龙靠头来树靠根，
百姓靠的是共产党，
贫穷痛苦化灰尘，
喜笑颜开当主人。

红军来到南洲城

太阳一出东方红，
红军来到南洲城，
穷人腰杆变硬了，
地主浑身打冷倾，
看你白匪再敢凶。

注：冷倾，方言，即冷战。

五更歌

一更阳雀叫声声，
妹送郎君去当兵，
当兵就要当红军，
红军打白军，
勇敢杀敌为穷人。

二更阳雀声声叫，
为妻有言郎记牢，
郎君大胆放心去，
家事我操劳，
你去杀敌当英豪。

三更阳雀啼声声，
多年仇恨记在心，
冤要伸来仇要报，
敌人要肃清，
受苦穷人好翻身。

四更阳雀声声啼，
送郎上马赴戎机，
革命本是男儿事，
我郎莫迟疑，

敌人不灭人不归。

五更阳雀叫光光，
妻送郎到大路旁，
儿女之情君莫念，
诉不尽衷肠，
革命成功幸福长。

红军来了农民笑

农民头上三把刀，
税多租重利息高，
农民眼前三条路，
逃荒讨米坐监牢，
红军来了农民笑。

唱五更

一更里来响一声，
我们工农心不平，
早晨出门夜进屋，
没有钱米养家人。

二更里来响二声，
我们工农好伤心，
口无食来身无衣，
饥寒交迫实难禁。

三更里来响三声，
我们工农要认清，
剥削我们是谁人？
就是土豪和劣绅。

四更里来响四声，
我们工农要革命，
准备梭镖和枪炮，
大家暴动杀敌人。

五更里来响五声，
我们工农要坚定，

跟着共产党打天下，
抬起头来做主人。

洞庭湖畔红了天

红军人马进南县，
沿途撒下红传单，
一张传单一把火，
唤起工农千百万，
洞庭湖畔红了天。

逼得大家投红军

民国到处乱哄哄，
县乡保上捉壮丁，
三抽一来五抽二，
无钱死来有钱生，
逼得大家投红军。

穷人化恨为力量

穷人心中恨劣绅，
劣绅办事不公平，
百姓钱财都刮尽，
富豪之家不敢征。

穷人心中恨匪兵，
匪兵吃粮不认亲，
不做好事做坏事，
背枪拿刀杀人民。

穷人心中恨保长，
壮丁册子他手上，
年轻后生他征走，
田也荒来土也荒。

穷人心中恨乡长，
乡长做事心不良，
编造多少冤枉事，
百姓家破人也亡。

穷人心中恨县长，
大权都在他手上，

文明君子假面孔，
弄得人民哭断肠。

穷人心中恨蒋贼，
围剿红军打内战，
残杀多少革命者，
百姓生活尽流连。

穷人化恨为力量，
奋起跟着共产党，
打倒一切反动派，
迎来幸福万年长。

民主民生不见影

国民政府骗人民，
口说民主与民生，
民主民生不见影，
纳粮上税样样重，
年年租钱还不清。

我们人穷志不穷

茄子打花像灯笼，
地主发财百姓穷，
铜盆打烂铜还在，
花儿谢了果子红，
我们人穷志不穷。

天下穷人大翻身

肩抬轿子腰难伸，
穷人颈根压断筋，
地主老财头上坐，
压得汗水如雨淋，
有钱之人高三辈，
无钱之人受欺凌，
红军来了变了天，
天下穷人大翻身。

火种越燃心越红

高山古树不怕风，
红军火种燃心中，
树大根深吹不倒，
火种越燃心越红，
燎原天下尽光明。

工农红军心相连

山上栽竹望长笋，
湖中栽藕望结莲，
工农红军心相连，
革命种子播下去，
开花结果代代鲜。

结盟歌

鞭炮一响硝烟升，
红军来了天下红。
好汉能够识好汉，
英豪可以会知音。
大家相处聚一处，
拱手一同把志盟。
大哥名字叫工人，
二哥名字叫农民，
三哥名字叫红军，
四弟名叫文化人，
有心接着往下念，
天下兄弟是穷人。
众仙喜来喜众仙，
共产党是领路人。
团结一心跟党走，
千难万险向前进。
俗话说得真正好，
兄弟齐力可断金。
心是金来力是银，
革命烈火淬金银，
永远跟党打天下，
风雨同舟乐无穷。

天上星多月不明

天上星多月不明，
地上坑多路不平，
河中鱼多搅浑水，
豪绅多了害穷人，
白匪多了不太平。

大官富人逼债钱

新造浮桥三尺宽，
腊月除夕过新年，
大官富人逼债钱，
半夜风起人睡后，
他洋房烧了我喜欢。

红军来了十碗歌

苏区如今喜事多，
农家唱起十碗歌，
慰劳红军打胜仗，
穷人昂首乐呵呵。

一碗端来真可口，
花样多来门门有，
蛋卷肉丸加猪肝，
又香又脆好咽酒。

二碗笋子不非凡，
出在各地楠竹山，
笋片炒肉嫩又香，
吃完三日回味甜。

三碗出的鸡鸭鹅，
品品尝尝味道多，
又酥又香又营养，
补补红军暖心窝。

四碗来的蘑菇汤，
它本山中小白伞，

厨师本领高又强，
鲜嫩可口好菜盘。

五碗银鱼水中游，
游进肚中溜进喉，
南海银鱼到洞庭，
奉献待客显身手。

六碗鲤鱼有一双，
麻油淋得喷喷香，
胡椒作料姜作味，
吃了红军身体强。

七碗油炸花生米，
轻轻夹起送嘴里，
又香又脆又润肺，
吃了杀敌不后退。

八碗扣肉油腻腻，
盖点擦菜增香气，
瓣瓣分开精搭肥，
乐口消融心中喜。

九碗粉丝热气腾，
根根粉丝连人情，

慢慢吃来慢慢饮，
红光满面有精神。

十碗猪肺热气冲，
仙汤一勺爽人心，
酒足饭饱十碗菜，
红军来了闹翻身。

红军穷人心连心

红军队伍进了村，
对待穷富不相同，
犹似山上那面钟，
一边铁来一边铜，
东边打得西边响，
各有各的不同音，
铁是铁来铜是铜，
红军穷人心连心！

工农政权归工农

长叹气来短抽声，
长声短叹为何情。
一来叹气耶娘老，
二来叹气家贫穷，
耶娘老了靠自己，
家贫靠双手掌乾坤。
共产党是主心骨，
红军就是亲弟兄，
土豪满仓谷是穷人种，
劣绅满柜金是穷人挣，
不劳而获一扫光，
工农政权归工农。

什么团团千万年

什么花儿开得早？
什么花儿才打苞？
什么花儿开得迟？
什么花儿正当时？

正月梅花开得早，
二月桃花才打苞，
九月菊花开得迟，
六月荷花正当时。

什么开花开得高？
什么开花水上漂？
什么开花举家败？
什么开花节节高？

杨树开花开得高，
菱角开花水上漂，
竹子开花举家败，
芝麻开花节节高。

什么年上落黑雪？
什么年上起红云？
什么年上人吃人？

什么年上土翻身？

年关扫阳尘落黑雪，
红军舞战旗起红云，
白区恶霸人吃人，
苏区分田土翻身。

什么团团在天边？
什么团团水上连？
什么团团向前走？
什么团团党身边？

月亮团团在天边，
荷叶团团水上连，
红军团团向前走，
红心团团党身边。

什么团团红遍天？
什么团团向阳转？
什么团团三路钉？
什么团团千万年？

太阳团团红遍天，
葵花团团向阳转，
战鼓团团三路钉，
大印团团千万年！

穷人革命跟党干

穷人革命跟党干，
自有芙蓉配牡丹。
阴沟石头自有翻身转，
锈钉子一节放光芒，
人民一定坐江山！

红军不怕荆棘多

红军不怕荆棘多，
红军不怕狼虎窝，
打仗能把政权夺，
穷人变成主人哥，
命运自己来掌握。

天下鲜花靠春催

高山打铁铁皮子飞，
白匪进村穷人都吃亏，
同志哥吔：
笔筒子倒米何能吃饱饭，
蚂蚁子含泥何能成得堆，
跟党拿枪杀白匪，
天下鲜花靠春催！

打土豪

吃上红军饭，
心里装了豹子胆；
穿上红军衣，
地冻三尺不觉寒；
扛上红军旗，
做梦也欢喜；
三山五岳都踏遍，
革命豪情抒壮志，
土豪劣绅未打倒，
死也不把眼睛闭。

十月劝郎

正月劝郎正月正，
劝郎哥马上当红军，
你看那穷人闹革命，
刀山火海敢向前，
团结一致挖穷根。

二月劝郎是花朝，
劝郎哥大仇快点报，
白匪杀了你父母，
点火还把房子烧，
心中仇恨何时消！

三月劝郎三月三，
劝郎哥在外酒莫贪，
薛刚吃酒闯大祸，
潘仁美吃酒进京间，
一命鸣呼上西天。

四月劝郎是插田，
劝郎哥在外莫赌钱，
康熙赌钱输了珍珠万十万，
赵匡胤赌钱输华山，

刻石立碑做好汉。

五月劝郎端阳来，
劝郎哥在外莫贪财，
杨国忠爱财刀下死，
和珅爱财抄了家，
与人为善受人夸。

六月劝郎热茫茫，
红旗飘飘迎风扬，
打尽土豪分田地，
衣食有着心不慌，
人人快活把福享。

七月劝郎七月七，
劝郎多把军功积，
李逵挥斧打头阵，
三板斧杀得何人敌，
好汉立功颜色喜。

八月劝郎是中秋，
劝郎哥向前心不休，
工农团结力量大，
土豪劣绅像死狗，
烂屋烧了住洋楼。

九月劝郎是重阳，
劝郎哥勇敢上战场，
服从命令不怕死，
冲锋陷阵不怕亡，
汗马功劳受奖赏。

十月劝郎立了冬，
劝郎哥谦虚又谨慎，
工农上台掌大印，
翻身做了主人翁，
从此天下一片红！

跟着红军不迷路

刮大风，下大雾，
跟着红军不迷路，
只要跟上红军走，
革命干得有奔头，
前程万里是锦绣。

一天一天扩大了

一把斧头一把刀，
专杀劣绅和土豪；
刀换枪来斧换炮，
一天一天扩大了，
搭帮共产党好领导。

举的大红旗

吃的糙米饭，
穿的土布衣，
挂的盒子炮，
举的大红旗。
为的是穷人，
讲的是真理；
杀起白匪军，
犹如割草皮。

我们穷人心连心

春风吹来遍地青，
我们穷人心连心，
白天下田做工夫，
夜里个个是红军，
一心一意杀敌人！

挺起胸来闹革命

竹笋出土青又青，
一支红歌唱出声，
唱动穷苦人的心，
挺起胸来闹革命，
打倒白匪建红军。

革命红旗东山插

革命红旗东山插，
深夜悄悄转回家，
杀它几只白狗子，
上岭再把山歌打，
来去自由把敌杀！

山歌唱到天眼开

山歌唱到天眼开，
山歌唱到共产来，
早饭吃碗安稳饭，
年节穿双合意鞋，
革命才有幸福来！

铁姑娘

人人叫我铁姑娘，
铁石心肝铁石肠，
铁石心肝来革命，
满腔热血气昂昂，
打倒旧世界心欢畅。

剪发擎枪女学生，
革命宗旨讲你听，
希望人人有饭吃，
希望人人有田耕，
高低上下都平等。

财尽民穷怨土豪，
土豪罪恶不能饶。
承饷办捐抽百姓，
命筋抽断几千条，
土豪不杀气难消。

大姓强族出土豪，
另有打算十分枭。
加一六分先取利，
十担谷要一千毫，

心头磨利一把刀。

官僚倚势夺民权，
日夜寻求造孽钱。
判断是非钱作主，
黑云遮日暗无天，
衙门恰似养狗园。

联合工农杀土豪，
土豪杀尽杀官僚。
两样恶人一样杀，
先打驳壳后下刀，
穿过心头刺过腰。

一日西来一日东，
穿过州省去进攻。
妹子青春年龄小，
心雄胆壮打冲锋，
到处欢迎到处同。

劝五更

一更里劝劝工友们，
劝工友一齐来革命，
团体要结紧，
加工资，减时间，
生活不求人。

二更里劝劝农友们，
劝农友加入赤卫军，
打倒众豪绅，
分土地，勤耕作，
穷人好安生。

三更里劝劝白兵们，
劝白兵加入我红军，
革命为穷人，
齐倒戈，齐哗变，
我们都欢迎。

四更里劝劝姐妹们，
劝姐妹走出闺房门，
实行自由婚，
妇女会，保护着，
男女都平等。

五更里劝劝我同胞，
劝同胞世界来改造，
共产主义最牢靠，
尽所能，取所需，
幸福就来到。

工农团结如铁掌

铁匠：
叮当叮，打铁声，
打成锄头送农民，
农民开荒和锄草，
没有锄头耕不成。

农民：
哎呀哎，歌声响，
你打锄来我种稻，
工农团结如铁掌，
打得白匪没命跑。

识字运动歌

你如果不识字，
就好比一个睁眼瞎，
有眼睛眨动，
却不知世界大。
哎哟！哎哟！哎嗨哟！
好比墙洞里的老鼠，
井底下的青蛙。

你只要学文化，
就好比心中点支蜡，
照亮了一切，
让苏区在扩大。
哎哟！哎哟！哎嗨哟！
就能够成为战斗员，
或是政治专家。

苦处只向红军诉

什么苦？黄连苦，
没有穷人受罪苦；
打下粮，没饭吃，
修下房，没屋住，
种下棉花没衣服，
娃娃养下没衣裤。
请红军，屋里住，
苦处只有向你诉。

还我地来还我田

要我利，要我权，
还我地来还我田，
下头要到水晶宫，
上头要到天边边，
东家财主敢瞪眼，
砸你锅来摔你碗！

红军来到南洲城

万里彤云起秋风，
穷人苦怕一生穷，
财主天天来追债，
鸡飞狗叫胆心惊。

红旗飘飘在前行，
红军来到南洲城，
队伍驻扎穷家里，
要领导穷人闹革命。

穷人看见红军到，
喜开心怀眉头笑，
红军热爱穷苦人，
土豪劣绅往外逃。

红军召开穷人会，
分了猪肉又分粮，
小担大担分回家，
都说红军胜爹娘。

穷人终于变了样，
穷人吃肉香又甜，

这年享上红军福，
盼望幸福万万年。

领导妇女闹革命

共产党，是亲人，
领导妇女闹翻身，
大家合伙一条心，
抱团挽手出家门。

不穿耳，不缠脚，
放开脚来跑得快，
放大脚来好冲锋，
杀敌消灭反动派。

新盘歌

共产党宣言什么人起草？
十月革命什么人来领导？
谁是中国人民的领袖？
谁是中国人民的主人翁？

共产党宣言马克思起草，
十月革命是列宁来领导，
毛泽东是中国人民的领袖，
工农兵是中国人民的主
人翁。

地上财产哪个强占去？
世界万物哪个来创造？
什么人不做工享清福？
什么人做苦工还受饥冻？

地上财产财阀强占去，
世界万物工农来创造，
豪绅不做工享清福，
穷人做苦工还受饥冻。

什么东西硬如铁？

什么东西红如血？
什么东西黑似墨？
什么东西白似雪？

红军纪律硬如铁，
苏维埃旗子红如血，
豪绅昧心黑似墨，
"刮民党"恐怖白似雪。

什么东西大如天？
什么东西软如棉？
什么东西甜似蜜？
什么东西苦似黄连？

工农利益大如天，
自由结婚软如棉，
分田分地甜似蜜，
白军士兵苦似黄连。

红军一到打土豪

十月秋高风怒号，
红军一到打土豪，
打了土豪分田地，
穷苦农民都欢笑，
多谢党的好领导。

军阀官僚都铲平

一根筷子折就断，
十根筷子比铁坚，
老虎落过平阳地，
不愁身小愁孤单。

共产主义一定成，
这句话语不欺人，
土豪劣绅杀干净，
军阀官僚都铲平。

红军打仗赛孔明

红军打仗赛孔明，
爆竹当作子弹用，
爆竹砰砰遍南县，
烟雾火焰上天空，
吓得白匪滚出城。

快去参加共产党

做衣师傅补衣裳，
耕田儿郎空米缸；
这种生活怎能过，
快去参加共产党，
革命成功幸福长。

十恨心

一恨心，恨谁人？
可恨土豪和劣绅，
喝尽农民血和汗，
压迫几多穷苦人；
实恨心，
逞财逞势逞人丁。

二恨心，恨豪绅，
可恨豪绅不是人，
文明君子假面孔，
卖弄是非是劣绅；
实恨心，
存心欺侮我穷人！

三恨心，想不开，
可恨豪绅狗奴才，
造成多少冤枉事，
贪财受贿发横财；
实恨心，
多少好人进棺材！

四恨心，真不差，

可恨土豪毒如蛇，
好谷留起自己吃，
秕谷借给穷人家；
实恨心，
还时车过还要车。

五恨心，恨难消，
可恨豪绅一把刀，
大秤进来小秤出，
大斗收谷小斗柴；
实恨心，
刮走多少血和膏！

六恨心，气难消，
可恨豪绅如豺豹，
出言不善逞财势，
压得农民没伸腰；
实恨心，
恶狗是劣绅和土豪。

七恨心，真可怜，
可恨豪绅黑良心，
放债利息加半倍，
借粮一斗加七升；
实恨心，

卖田卖妻卖子孙!

八恨心,泪淋淋,
恨透土豪和劣绅,
欺压骗打已受尽,
典当卖尽逼死人;
实恨心,
多少人家绝烟尘!

九恨心,要认清,
万般痛苦已熬尽,
准备梭镖和枪炮,
大家舍身向前进;
实恨心,
杀尽土豪和劣绅!

十恨心,心要坚,
大家团结一条心,
只有消灭反动派,
工农才能把腰伸;
恨已消,冤已报,
共产社会享太平。

天不怕,地不怕

天不怕,地不怕,
哪管在铁链下面淌血花,
拼着一个死,
敢把皇帝拉下马。
杀人不过头落地,
砍掉脑袋只有碗大个疤。
老虎凳,绞刑架,
老子咬紧钢牙。
阴沟里石头要翻身,
革命的种子发了芽。
拆下骨,当武器,
不胜利,不放下!

民团旗子裱白边

民团旗子裱白边,
乌合之众跑向前,
拖了旗子收月捐,
遇到红军眼一闭,
双脚跪倒叫皇天。

郎也革命妹革命

说起耕田会苦死，
早晨做到日落西，
一年四季无闲空，
灯草织布费心机！

饭甄落锅就是真，
杀了土豪杀劣绅，
土豪劣绅除干净，
才好安乐享太平！

郎也革命妹革命，
大家革命打谁人？
郎拿驳壳杀地主，
妹用左轮打豪绅！

共产主义真正好，
世上穷人一条心，
穷人皆是好兄弟，
专杀地主和豪绅！

红军送我一把壶

红军送我一把壶，
七个大字写上头：
"打富济贫分田地"，
穷人从此跟党走。

红军送我一把壶，
装进凉水当吃肉，
穷人吃了壶中水，
千年穷根要拔除。

太阳和白蚁

天上太阳红彤彤，
屋里白蚁蛀屋檩。
太阳好比共产党，
白蚁好比"中央军"；
太阳照得人心暖，
白蚁是个害人精。

第二辑　天下穷人大翻身

赤卫队上操歌

一二一！一二一！
赤卫队个个壮有力；
拿起马刀红缨枪，
要与白匪拼到底。

一二一！杀杀杀！
赤卫队个个心最齐；
双手夺回我江山，
天地惊来神鬼泣。

一二一！干干干！
赤卫队本是英雄汉；
叫声白匪听端详，
你死我活干一场。

一二一！拼拼拼！
赤卫队从不怕牺牲；
不把土豪杀干净，
枉为顶天立地人！

穷人如今也掌权

土豪湖霸两重山，
压得穷人喘气难，
欠了田租无田种，
迟交渔款抢渔船，
无吃无住喊皇天。
血可流来头可断，
大仇不报心不甘，
杀了湖霸抢回船，
打倒土豪夺回田，
穷人如今也掌权！

大刀歌

三尺大刀闪银光，
杀起豪绅像宰羊，
穷人叫它好朋友，
豪绅叫它活阎王，
宝刀在手杀豺狼！

打倒万恶的反动派

国民党反动派，
保护土豪和劣绅，
受痛苦的呀是工农，
哎哟哎，
受痛苦的呀是工农。

"国民革命"十几年，
军阀打仗争地盘，
不革命怎能得安全！
哎哟哎，
不革命怎能得安全！

升官发财不要脸，
贪污腐化罪万千，
新军阀罪恶最滔天，
哎哟哎，
新军阀罪恶最滔天。

我们工人和农民，
莫替军阀去当兵，
大家都来闹革命，
哎哟哎，

大家都来闹革命。

工人农民莫看轻，
各种物件自做成，
我们就是主人翁，
哎哟哎，
我们就是主人翁，

创造世界谁的功，
不是豪杰和英雄，
衣食住行靠工农，
哎哟哎，
衣食住行靠工农。

我们决定去斗争，
革命一定能完成，
到那时天下一片红，
哎哟哎，
到那时天下一片红！

打垮敌人就翻身

地主为何那样富？
穷人为何这样穷？
大家来把根子追，
穷根打从何处生？
穷根生在未站起，
不懂做个主人翁。
穷姊穷妹爱团结，
穷兄穷弟爱同心，
跟党革命挖穷根，
团结同心助红军，
打倒土豪争幸福，
打倒劣绅争平等，
齐心消灭反动派，
打垮敌人就翻身！

封建社会罪恶多

封建社会罪恶多，
压迫工农实难过，
一日三餐没饱肚，
夜里睡觉没被窝。

封建社会罪恶多，
土豪劣绅才好过，
吃穿两字靠剥削，
还讨几个小老婆。

不怕封建罪恶多，
豪绅地主有几个？
只要穷人团结起，
封建枷锁可砸破！

天亮了

天晴了，雨停了，
我们红军已回乡。
天晴了，雨停了，
穷人起来要算账，
恶霸变成猪狗样。
大天晴，天大晴，
永远跟着共产党，
永远跟着毛泽东，
跟着革命向前方。

张开嘴巴笑哈哈

火烧的红莲开了花，
刀砍的枯树发了芽。
祖祖辈辈当牛马，
今生第一次笑哈哈。
哈哈笑，笑哈哈，
张开嘴巴笑落牙，
红军哥，你问我：
"你嘻嘻哈哈笑个啥？"
红军哥，告诉你：
"一不笑小儿子讨堂客，
二不笑大儿媳生孙伢；
喜只喜那红军来，
打倒土豪分田地，
千年土地回老家。"

"挨户团"下了乡

"挨户团"，下了乡，
地主豪绅一大帮。
不是烧杀就抢掠，
个个都是强盗样。
口里假说不怕死，
心里只怕共产党；
假言又说不爱钱，
其实专门要大洋，
跟着军阀蒋介石，
欺压工农像虎狼，
有朝一日红军来，
到时再看你下场！

郎妹向前跟党走

芝麻不压不流油，
不闹革命不自由，
闹起革命一路去，
妹妹紧握郎的手，
一齐向前跟党走！

妇女翻身谣

从前妇女不是人，
走路总要弯着身，
姐妹们，
实在是伤心！

自从红军到我村，
男女一律讲平等，
姐妹们，
真是乐死人！

工农革命大翻身，
叫声姐妹团结紧，
举刀枪，
齐心灭豪绅。

生成一副硬骨头

我是一个庄稼汉，
我是一个贫雇农，
长年外出去做工，
长年日夜受贫穷。
地主吃米我吃糠，
地主乘凉我扇风，
地主穿绸又着缎，
我的衣服尽窟窿。
为什么富人这么富，
为什么穷人这么穷？

狗不逼急不跳墙，
人不逼急心不横；
当长工受罪不如死，
等死不如找生存。
老子拿锄奔下湖，
跟着赤卫队打冲锋，
生成的一副硬骨头，
闹革命不怕不成功；
要闹革命心要红，
一心一意跟红军。

南县苏区歌谣选

离乡投红军

天见白匪兵，
日月都不明；
地见白匪兵，
五谷都不生；
人见白匪兵，
眉头冒火星：
穷人无活路，
离乡投红军；
早得翻身日，
穷人坐龙庭。

世世代代要翻身

天上无云难下雨，
地下无土难生根，
穷人无党难觉悟，
穷人无军难杀敌，
跟党投红军闹革命，
世世代代要翻身。

穷苦人民盼解放

黑夜茫茫盼天亮，
穷苦人民盼解放；
盼望砸碎铁锁链，
盼望升起红太阳。

共产党来了断苦根

苦胆挂在黄连树，
穷人吃尽苦中苦；
共产党来了断苦根，
天下栽满蜜桃树。

共产党像太阳

共产党，像太阳，
财主恶霸瓦上霜，
太阳出来霜化尽，
百姓心里暖洋洋。

穷人活路只一条

作田冇得一粒粮，
盖屋冇住半间房；
穷人活路只一条，
革命跟党拿起枪。

党给穷人播火种

这个世道锅底样，
昏天黑地暗无光；
党给穷人播火种，
心中燃起红太阳。

穷人觉悟学苏俄

富人饱，穷人饿，
穷人生活真难过；
富人少，穷人多，
穷人觉悟学苏俄。
苏俄穷人解放了，
丰衣足食无折磨。

穷人好比鞘中刀

老财恶霸你莫刁，
老子好似鞘中刀，
一朝出鞘寒光闪，
看你狗种哪里逃！

国民党（反动派）是"刮民党"

国民党（反动派）是"刮
民党"，
罪恶滔天说不完，
屠杀工农兵，
还要来清乡。

国民党（反动派）是"刮
民党"，
升官发财丧天良，
工农无饭吃，
不死也逃荒。

国民党（反动派）是"刮
民党"，
工农大众听我讲，
建立苏维埃，
革命心欢畅。

国民党（反动派）是"刮
民党"，
穷苦百姓快拿枪，

只有竖红旗，
才能得解放！

穷人财主心不同

苋菜红来花椒青，
穷人财主心不同；
兜兜苋菜红到老，
颗颗花椒藏黑心。

穷人不会穷到头

长江不会长河藕，
石磙不会满江游，
财主不会富到底，
穷人不会穷到头。

革命要跟共产党

蛟龙起舞潭深处，
凤凰栖落梧桐树，
穷人跟着共产党，
抛头洒血求幸福！

第三辑

当兵就要当红军

当兵就要当红军

当兵就要当红军，
处处工农来欢迎，
大家革命一个样，
没有人来压迫人，
队伍人人都平等。

当兵就要当红军，
配合工农打敌人，
打倒汉奸法西斯，
打倒土豪和劣绅，
坚决杀敌不留情。

当兵就要当红军，
队伍下来救穷人，
会做工来有工做，
会种田来有田种，
从此个个笑盈盈。

剪掉辫子当红军

韭菜开花一条心，
剪掉辫子当红军，
跟党向前去杀敌，
千山万水向前进，
掉了脑袋也甘心！

赶快起来投红军

一年三百六十天，
田里干完地里干，
三伏热天汗如潮，
十冬腊月腿冻酸，
收成粮食堆上堆，
不够财主响算盘，
赶快起来投红军，
枪杆子下坐江山！

郎妹双双投红军

郎有心来妹有心，
不怕山高水又深，
水深有渡山有路，
郎妹双双投红军，
革命成功再成亲。

报名当个红军哥

不管我人做什么，
莫给财主家干活，
早上喝的米汤水，
中饭吃的糠砣砣，
晚饭粥中米几粒，
清汤寡水摸不着，
段德昌带了队伍来，
报名当个红军哥。

我当红军跟党走

长江不会水倒流，
秤砣不会水上浮，
共产党胜过亲爹娘，
我当红军跟党走，
永远向前不回头！

红军个个枪法好

日映红霞如锦绣，
红军伏击在山头，
个个枪法真正好，
四周穷人笑开口：
专打白匪额前头。

要学花木兰上战场

十月桂花满树香，
红军训练在操场，
手搭凉棚望红军，
姑娘早把红军想，
早日报名当兵去，
也学花木兰上战场，
消灭白匪打江山，
革命成功幸福长。

洞庭湖边一艘船

洞庭湖边一艘船，
往来人都有万千，
只见客人面前过，
哥贩鱼去未上船，
左岸右岸都一样，
水花飞溅打船舷，
信鸽落在妹手上，
哥投红军已走远。

要想翻身投红军

泥塑木雕不会动，
烧香拜它总受穷，
砸掉泥胎平掉庙，
要想翻身投红军，
要想幸福靠斗争。

老了也要当红军

头发白了有精神，
年纪大了有干劲，
革命不分大和小，
老了也要当红军，
不消灭蒋匪不甘心！

参加红军敬酒歌

头杯酒敬我的耶,
叫我参军把敌杀,
遇着敌人莫轻放,
一个一个消灭他。

二杯酒敬我的妈,
叫我把红军去参加,
屋里百事不牵挂,
思想坚定莫想家。

三杯酒敬我的哥,
哥叫我要多工作,
积极学习练本领,
立志保家做英模。

四杯酒敬我的嫂,
嫂说革命最荣耀,
从今参加红军去,
多立大功当英豪。

五杯酒敬我的弟,
年轻弟弟多学习,
多跟红军取联系,

保持儿童团荣誉。

六杯酒敬我的姐,
姐问我还缺哪些,
我说什么都不缺,
棉布鞋子多做些。

七杯酒敬我的妹,
劝妹参加妇女会,
如今男女讲平等,
做好支前莫推诿。

八杯酒敬我的妻,
夫妻此刻要分离,
家中事情交与你,
对待家人要和气。

九杯酒来乐开怀,
我今参军想得开,
消灭白匪除祸害,
要想翻身自己来。

十杯酒来都敬到,
参加红军立功劳,
紧握枪杆杀敌人,
苏维埃政权稳又牢。

注:耶,方言"爸"的意思。

十七八九正年轻

十七八九正年轻，
当兵只爱当红军，
胆壮心雄志愿大，
工农群众都欢迎。

斧头不怕硬木柴，
红军不怕反动派，
消灭白区舞红旗，
各地建立苏维埃。

背起锄头当红军

阿哥受苦当长工，
饿肚犁田头发晕，
忽然听到革命歌，
一队红旗飘入云，
背起锄头当红军。

红军歌

工人劳动力量大，
穷苦农民快乐煞，
工农联合闹革命，
有吃有穿乐哈哈，
建立苏维埃卫中华。

大家自动当侦察，
碰见白军真说假，
智勇双全是红军，
武装杀敌死不怕，
红旗直向前沿插。

草鞋布衫新做出，
成群结队手里拿，
妇女个个爱红军，
不是红军我不嫁，
帮助支前顶呱呱。

儿童羡慕红军们，
也去站岗学打靶，
生得太迟怨娘亲，
盼望自己快长大，
红旗插遍全中华！

红军游击歌

红军游击各乡村，
第一要紧打豪绅，
因为豪绅十分恶，
勾结军阀害穷人。

红军到处缴枪炮，
拿到手中武装了，
有了枪炮就有权，
地主豪绅都打倒。

进屋翻柜更应该，
田契账簿摆前来，
还有往来借钱账，
红火交化变成灰。

对待地主不留情，
没收财产最要紧，
现银拿来充军费，
田地谷米分穷人。

穷人大家都认清，
地主豪绅无人情，

公公道道同他讲，
口讲出血听不进。

工农都是贫穷人，
快快起来帮红军，
一齐打倒反动派，
穷人才会有翻身。

当红军来打土豪

对河一株幸福桃，
要想摘桃先搭桥，
受苦穷人要翻身，
快当红军操枪炮，
打倒白匪打土豪。

红军纪律歌

红军纪律最严明，
从来最爱老百姓，
走到哪里哪里乐，
随到哪处受欢迎；
公买公卖不相欺，
总是保护小商人；
一切行动听命令，
始终不敢胡乱行；
笑着讲话多和气，
开口从来不骂人；
日夜好像亲兄弟，
人人团结一条心。

红军纪律最严明，
群众个个都欢迎，
部队出发与宿营，
心里样样记得清；
上门板来捆铺草，
房子全都扫干净；
借物全部要送还，
遇到损坏要赔银；
要是解手找厕所，

凡是洗澡避女人；
三大纪律八项注意，
红军个个照此行。

参军歌

哥去当红军，
妹要放宽心，
哥去闹革命，
为的是穷人，
劝妹该高兴，
家事莫挂心，
分到田和地，
政府派人耕，
哥去那前方，
坚决打敌人，
革命一成功，
哥就转回程。

弟弟也要想当红军

月亮挂天闪银光，
洞庭映月水汪汪，
哥哥去把红军当，
弟说等我长大了，
也学哥哥一个样。

红旗飘飘过山来

山歌越唱越开怀，
南洲唱得东山来，
工农起来闹革命，
群众人人笑颜开。

打倒白匪和豪绅，
积极建设苏维埃，
英雄好汉当红军，
红旗飘飘过山来！

红军打仗真带劲

红军打仗真带劲，
追得白匪脚转筋，
白军听到红军来，
吓得喊娘头发晕，
放下枪杆跪投诚。

我跟红军闹革命

千年铁树开了花，
万年土地回老家，
我跟红军闹革命，
杀头不过碗大疤，
不死将来坐天下。

盘　歌

什么东西硬如铁？
什么东西红如血？
什么东西黑如墨？
什么东西白如雪？

红军纪律硬如铁，
革命旗子红如血，
反动派狼心黑如墨，
国民党恐怖白如雪。

什么东西大如天？
什么东西甜又甜？
什么革命多威风？
什么兵士最可怜？

工农利益大如天，
分田果实甜又甜，
红军革命多威风，
白军兵士最可怜。

什么人世上创万物？
什么人做工受饥寒？

什么国革命闹共产？
什么人带兵上井冈山？

世上万物工农创，
工农做工受饥寒，
我国革命闹共产，
毛泽东带兵上井冈山。

背起锄头当红军

穷人受苦做长工，
饿肚犁田头发晕，
忽听村头响红歌，
背起锄头当红军，
从此革命度光阴。

我郎黑早回到家

杨柳青来杨柳花，
郎当红军我在家，
郎当红军真英勇，
打仗冲锋不离他，
同志个个都喜欢，
贺龙军长把他夸。
狗叫鸦鹊闹喳喳，
我郎黑早回到家，
昨天拿的一把刀，
今天盒子枪腰中挂，
伢儿的爹我问你：
"枪是贺龙将军发？"
我郎笑着把话答：
"打了胜仗得的它。"
妹妹一旁喜眯眼：
"我家哥哥真不差。"
爷娘一旁开言道：
"拿它多把敌人杀。"
叫声我郎你记着：
"好好爱护好好擦，
革命一天未成功，
一天不把它放下。"

我郎一边来答话：
"这是血汗换的它，
一定记着大家言，
拿它打出红天下。"

两个军队不一样

两个半斤十六两，
两个军队不一样，
白匪好像恶煞神，
红军好像亲爹娘，
革命胜利打胜仗。

妹妹送哥当红军

妹妹送哥当红军，
手帕布鞋寄情深，
手帕日日常见面，
布鞋千里不变心，
妹在家中人上人。

红军打仗为穷人

红军打仗为穷人，
穷人分得金和银，
家家门前贴对子，
人人脸上笑盈盈，
鞭炮锣鼓迎红军。

红军好

红军好来红军好，
红军来了白军跑，
帮我穷人除劣绅，
助我穷人打土豪，
有吃有穿乐陶陶。

春风一吹起红云

春风一吹起红云，
一条巨龙腾空中，
万千眼睛打一望，
龙头就是共产党，
红军百姓是龙身。

革命红花心上开

花朵开放春到来，
红军创建苏维埃，
红花结下革命果，
革命红花心上开，
千秋万代开不败。

红军好似夜明灯

红军开得进乡村，
好似通红夜明灯，
到了哪里哪里亮，
照亮我们穷人心，
红军走了也长明。

黑夜五更找红军

保长要来拉壮丁，
饥寒交加恨千重，
黑夜五更出门去，
找到红军闹革命，
太阳当顶又当中。

有地有枪胆包天

红军队伍到南县，
革命又扩立足点，
穷人纷纷投红军，
地是根来枪是胆，
有地有枪胆包天。

长工要找红军哥

财主少来长工多，
长工啃的糠砣砣，
财主鱼肉加美酒，
石头走路马长角，
长工要找红军哥。

红军打了大胜仗

马刀长枪肩上扛，
手榴弹挂胸前方，
大江小河任我跨，
千山万岭由我闯，
消灭万恶白匪狼。

红军杀敌真勇敢，
好似猛虎下山岗，
找到敌人枪瞄准，
打得白匪大发慌，
纷纷抛枪离战场。

红军打了大胜仗，
弹药车车往回装，
个个有枪又有刀，
山歌出口随心唱，
喜洋洋来乐洋洋。

南县渔歌

春季里来绿茵茵，
青鱼戏水乐波心。
哥修渔船妹补网，
一年之计在于春。

夏季里来风摇阴，
鲤鱼戏水跳龙门。
妹驾船来哥撒网，
夕阳照鱼满舱银。

秋季里来菊香浓，
各色肥鱼游水中。
哥打鱼到街上卖，
渔霸收税口袋空。

冬季里来雪纷纷，
鲤鱼水底好藏身。
哥妹结伴投红军，
风风火火度光阴。

长工歌罢红军来

黄连苦，苦黄连，
长工苦楚有谁怜，
自己编唱长工歌，
唱得月亮西落土，
唱得洞庭泪涟涟。

正月上工正月正，
背着包袱来上工，
财主敬我三杯酒，
欲吸长工血三盆，
新年农活我包工。

二月上工花朝边，
财主吩咐把粪担，
上丘挑得下丘转，
下丘挑得屋门前，
麻疮子痛得喊黄天。

三月上工是清明，
财主吩咐下禾种，
财主对我怒眼睛，
我要财主放宽心，

抛粮下种我担承。

四月上工插田忙，
财主吩咐扯早秧，
扯秧不等鸡报晓，
插田不等粉天光，
财主还嫌起晏床。

五月上工是端阳，
财主吩咐泼茄秧，
泼完茄秧泼瓜藤，
日头西落望湖上，
龙船早已散了场。

六月上工又尝新，
财主杀猪百十斤，
腰房肉留着自己吃，
二刀肉用去送客人，
脚趾骨头待长工。

七月上工热茫茫，
财主吩咐上禾场，
堆堆稻谷如金山，
担担挑得进高仓，
累得五劳又七伤。

八月上工秋风飕，
财主吩咐挖芋头，
一碗芋头三粒米，
煮得成了呱呱粥，
饿得人比黄花瘦。

九月上工菊花开，
财主吩咐把轿抬，
上午抬他大老婆，
下午抬他九姨太，
压得腰痛颈根歪。

十月上工立了冬，
楠竹屋柱节节空，
财主把人当牛马，
累死累活不准停，
血汗滴滴被榨尽。

十一月上工落大雪，
两手冷得麻如铁，
心想拢去烤把火，
又怕财主眼来斜，
喝碗开水把心热。

十二月上工又一年，
财主吩咐把账算，
被窝捆成小圆圈，
衣服穿得有得边，
倒欠财主一身钱。

黄连苦，苦黄连，
长工苦难红军怜。
唱罢歌谣红军来，
救我苦海见青天，
分我一丘好水田。

越打越想红军郎

铜锣越打越放光，
越打越想红军郎，
砍嘎脑壳还有颈，
挖嘎釁心还有肠，
五马分尸还在想。

当红军决心大如山

有桨不怕风浪颠，
有舵不怕水路偏，
有心不怕征途苦，
有志不怕困难拦，
当红军决心大如山！

哥当红军离家园

公鸡不叫毛不松，
母鸡不叫脸不红，
妹见哥哥红了脸，
只缘心中都有情，
哥知妹知笑在心。

哥当红军离家园，
桃花李白竞争先，
桃子有甜没有苦，
妹子无苦只有甜，
待哥凯旋结良缘。

红军仙女下凡来

军装上面系腰带，
头上帽徽放光彩，
走路好似龙摆尾，
坐哒好似祝英台，
红军仙女下凡来。

红军杀敌奔战场

晚来鸟群归林莽，
蛟龙腾飞奔海洋，
骏马奔槽虎奔山，
要问红军奔哪里？
驰骋杀敌奔战场！

四更话思情

一更与妹话思情，
郎天亮就要去投军。
妹说我的哥吔：
画虎画皮难画骨，
知人知面不知心，
哥你跟定红军向前进。

二更与妹话思情，
外面闲话要休听。
妹说我的哥吔：
白匪宣传是喷粪，
红军才是心上人，
把那谣言丢到九霄云。

三更与妹话思情，
大水淹到岸边门。
妹说我的哥吔：
易涨易退山溪水，
易反易复小人心，
白匪屠刀杀穷人。

四更与姐话思情，

送把香扇情意深。
妹说我的哥吔：
扛枪跟党打天下，
革命重担值千金，
不送你红军送何人。

湖里是个红军窝

湖里四季渔船多，
名符其实红军窝，
不怕白匪岗哨紧，
总有妙计踏上坡。

白天晒网把鱼卖，
刀子插入敌心窝；
晚上船中把会开，
群众智谋赛诸葛。

同志们，听我说，
今天"生意"可不错，
指头几划，两手一合，
大家一齐笑呵呵。

只要郎心换妹心

莫夸你家千担金，
莫说你家万贯银，
我的心是无价宝，
只要郎心换妹心，
两人一起投红军。

二人一起投红军

铜壶铜杯一号铜，
阿哥阿妹一样情，
纸糊灯笼点蜡烛，
明明亮亮一条心，
二人一起投红军。

游击歌谣

天不怕，
地不怕，
入了游击队，
胆子比天大。
天无路，
端个天梯往上爬；
地无门，
打开地门到地下。
双手能扭山河转，
大吼一声北斗怕；
白匪钻到地缝里，
也要绳拉杠撬打成烂泥巴。

五湖四海都是家

红旗红枪红战马，
南北征战东西杀，
九都山下打游击，
洞庭湖边把营扎，
只为穷人求解放，
五湖四海都是家。

野地露营

山是枕头地是床，
宽阔天空作幕帐，
云雾锦被真美丽，
舒舒服服到天亮，
朝霞映在笑脸上。

白军就怕红军来

猎枪专打狗狼豺，
红军专打反动派；
野兽就怕老猎手，
白军就怕红军来，
死了不知谁来埋。

红军英雄山顶站

东山陡，东山高，
东山上面红旗飘；
红军英雄山顶站，
脸上映着红霞笑，
神仙难把山动摇。

打江山

红缨枪，长杆杆，
大马刀，挂身边，
腰间还带手榴弹，
湖泊树林随我转。
渴饮清泉莲花水，
鱼虾野鸭做饭餐。
鸡头米来加藕根，
莲蓬只只味道鲜。
这样生活苦不苦？
苦换甜来打江山。

革命不成莫念我

送郎送到十里坡，
眼不流泪嘴唱歌，
只望你革命革到底，
等你十年也不多。

送郎送到十里坡，
十里坡前团防多，
倘若团防来盘问，
就说兄妹访外婆。

送郎送到沱江河，
雁落河上唱离歌，
别离歌唱真心话，
郎呵，革命不成莫念我。

送干粮

夫在外面打游击，
家庭里边有为妻，
为妻耕织支持你，
早晚把你挂心里，
牵心你的吃，
操心你的衣，
炒黄豆来炒玉米，
毛蓝土布缝单衣，
包干粮来送给你，
裹单衣来捎给你，
风雨天要多穿衣，
战沟里来有吃的，
你把战斗打好了，
也有为妻一份力。

花甲湖

一面红旗摇一摇，
花甲湖水起波涛，
你看湖边真凑巧，
一队白匪开来了。
红军好勇敢，
就把排枪放，
到处抓白匪，
白匪吓破了胆；
抓到三个人，
个个吓白了脸；
问他："枪弹在那边？"
他说："放在福音堂。"
福音堂边打一仗，
赶得白匪四处窜。
不怕白匪多，
打死几十个；
缴到步枪几十把，
还有两口大铁锅。
红军冲向前，
又缴两把水机关；
红军胆气豪，
缴到棉裤和棉袄。

福音堂里有点灵，
一连白匪化灰尘，
来时百多兴冲冲，
回去剩下八个人；
白匪打成缩头龟，
从今红军传大名。

恭贺做个红军娘

咚咚锵，咚咚锵，
红旗飘来锣鼓响，
特来恭贺老大娘，
今日做个红军娘。
三个儿子当红军，
跟着将军段德昌，
英勇杀敌向前冲，
个个打仗真漂亮；
我们送上光荣匾，
恭贺红军老大娘。

镰刀红旗满山岗

镰刀红旗满山岗，
团结革命力量强；
一心杀敌冲向前，
白军见了就神慌。
红军马刀闪亮光，
白军见了喊爹娘。

红军打排枪，
白军见阎王。
红军吹冲锋号，
白军做鬼叫。
红军打胜仗，
白军缴械投降了。

送麻鞋

稻草草鞋怕上坡，
索草草鞋磨烂脚，
剐得麻来打麻鞋，
打双麻鞋送哥哥。
哥哥你把麻鞋穿，
腾云驾雾上高山；
哥哥你把麻鞋穿，
上阵杀敌把贼歼，
南征北战打江山，
我的鞋子穿不烂。

第三辑 当兵就要当红军

唱个歌子向前方

肩上挂刀枪，
手榴弹吊胸膛，
长枪背在肩膀上，
爬山穿林向前进，
消灭万恶白匪狼。

竹叶斗笠挂肩上，
千山万水任我闯，
跑过一山又一山，
渡过小河过大江，
见敌人怒火燃胸膛。

红军杀敌真勇敢，
好比猛虎下山岗，
找敌人，瞄准枪，
打得敌人大发慌，
纷纷抛枪离战场。

红军打了大胜仗，
弹药成车往回装，
个个有刀又有枪，
喜洋洋，乐洋洋，
唱个歌子向前方！

打垮白军享太平

大雪纷飞冷煞人，
哥在深山打白军，
不怕山高路又远，
妹要去把寒衣送。

六月太阳晒煞人，
哥在深山打白军，
不怕山高路又远，
妹要去把草帽送。

灯笼点烛肚里明，
哥妹都是一条心，
胜利果实自己种，
打垮白军享太平。

红军来了花盛开

二月桃花火红色，
又像红旗又像血，
红军来了花盛开，
白匪来了花落叶。

红军去了白匪来，
红军种子到处栽，
红军来了吃白米，
白匪来了吃野菜。

送　别

送得亲郎前线去，
做了草鞋赠送你；
草鞋绣了七个字，
红军哥哥万万岁！
别了爷娘别新娘，
革命征途想得开，
此去参军为自己，
消灭敌人就回来。

劝哥快把红军当

杏树花开满园香，
劝哥快把红军当，
起来革命打土豪，
如今参军很荣光。

太阳东升放红光，
红军来了花开放，
打倒万恶国民党，
亿万百姓心向阳。

红军来了百姓笑

莲藕节节湖底埋，
穷人代代头难抬；
红军来了百姓笑，
好像荷花出水开！

红军到

公鸡叫，红军到，
腰里挎的盒子炮，
白狗子吓得跪下地，
缴枪连喊把命饶！

无枪也敢来造反

一根船篙九个节，
船篙头子包尖铁，
无枪也敢来造反，
叫你湖霸流狗血！

红军是线党是针

山歌一声接一声，
红军是线党是针；
针在前头把路引，
线在后面紧紧跟。

世间穷人爱红军

天上太阳追月亮，
地上金龙赶凤凰，
世间穷人爱红军，
一心跟着共产党。

好像猎手逮野狼

峨眉月亮挂天上，
游击队员打团防，
不声不响端了窝，
好像猎手逮野狼。

烧出一个红天地

如今世道黑如漆，
官匪老财不讲理，
穷人造反旗如火，
烧出一个红天地！

红军为民报冤仇

湖边砍下恶霸头，
红军为民报冤仇，
片片荷叶齐鼓掌，
个个莲蓬举拳头！

苏维埃像红太阳

红军来了见青天，
工农携手掌政权，
苏维埃像红太阳，
光辉灿烂万万年！

红军好来红军亲

红军好来红军亲，
红军如同好花红，
十朵百朵共一树，
千树万树共一春，
朵朵向阳朵朵红。

游击战争到处扫

电闪雷鸣暴雨浇，
工人农民磨快刀，
游击战争到处扫，
看你土豪哪里跑，
看你劣绅何处逃！

第三辑　当兵就要当红军

暴　动

你有钱财又有田，
我有斧子又有镰，
工农团结暴动起，
风展红旗飘满天，
革命高潮到来了，
土豪劣绅哭涟涟。

茄子开花打灯笼

茄子开花打灯笼，
红军出身是工农，
土豪劣绅奇凶恶，
阶级斗争怎放松？
齐心合力去杀敌，
工农专政乐融融。

苏区小调起

男是先锋上战场，
女是后勤保家乡，
嘟得嘟，打胜仗，
个个喜洋洋。

有饭吃，有衣穿，
湖边苏区好兴旺，
嘟得嘟，跟党走，
工农幸福长！

第四辑

百姓红军一家人

去砍樵

一条扁担一把刀，
八十爹爹去砍樵，
宋田山上柴一担，
喜送红军灶里烧，
乐得白须翘几翘。

摘红桃

九都山上树林高，
妹子上树摘红桃，
红桃好吃多难摘，
送给红军压压嘈，
爱在心中桃来表。

注：嘈，方言，肚饥之意。

绣背心

拿起线来穿起针，
想起我郎当红军，
不绣鸳鸯来嬉水，
替郎来绣厚背心。

爱心绣入背心里，
一针一线织真情，
我愿化作棉和絮，
好与红军同寒温。

莲蓬结籽在心里

见了红军哥心中喜，
妹问如今"可有妻"。
"哥今无妻可爱你？"
"好好，人前哥莫提。"
双双如意结同心，
莲蓬结籽在心里。

忙给红军做衣裳

姐姐纺纱纱线长，
嫂嫂织布两头忙，
妈妈一夜在裁缝，
忙给红军做衣裳，
红军穿了打胜仗。

穷人一心向红军

一湖银呀一湖金，
金钱买不动穷人心，
穷人一心向红军，
红军来了就翻身。
一头打到武汉去，
一头打到长沙城，
红军天天打胜仗，
遍地银子遍地金。

留个鞋样做鞋穿

郎当红军到队前，
妹赶上来把衣牵，
不是妹扯郎后腿，
请你一旁听我言，
留个鞋样做鞋穿。

特委游击队是英雄

洞庭湖中出蛟龙，
特委游击队是英雄。
红旗一挥打白匪，
洪涛滚滚是战阵，
芦苇丛中是军营。

注：1931年，南县苏维埃
政府主席孟庆友在转移东
山后，任洞庭特委书记，
带领游击大队与敌战斗。

慰问红军曲

红军受了伤，
百姓来抢救，
子弹打在你身体，
流血痛在我心上。

喂你一口甜酒花，
喂你一口热米汤，
百姓只有粗茶饭，
饱不了你饿肚肠。

盼你伤快好，
盼你早安康，
重上战场杀白匪，
心里话儿像长江。

白天撒网是渔民

莲蓬开花湖上红，
鸡菱结籽水里沉，
白天撒网是渔民，
夜里背枪当红军，
一入湖中无处寻。

做双鞋子送红军

灯下剪裁夜深沉，
一针一线密密缝，
做双鞋子送红军，
千山万水步如飞，
一往无前杀敌人！

郎哥挂花回家乡

郎哥挂花回家乡，
洗疮搽药妹担当，
望郎伤口少痛苦，
望郎早日养好伤，
重又杀敌上战场。

芦苇丛中有眼线

湖边一望浪接天，
芦苇丛中有眼线，
十里之外孤烟起，
定是白匪到岸边，
时刻准备把敌歼。

红军到我家

门前春到百花开，
枝头鹊报喜讯来，
原是红军到我家，
号召打倒反动派，
从此我也把头抬。

留住洞庭游击队

留住洞庭游击队，
悄悄住在渔家内。
亲人一在爹娘忙，
肥鱼大虾来敬慰；
亲人一走全家苦，
来的虎狼是白匪。

第四辑 百姓红军一家人

红军百姓是一家

石榴花开心里红，
红军最爱老百姓，
红军百姓是一家，
携手一同闹革命，
打倒蒋匪天下红。

跟着红军闹革命

妹十六来哥十八，
跟着红军就出发，
兄妹一起闹革命，
暂时瞒着爹和妈，
以后写信再说话。

妹子绣花做鞋子

妹子绣花做鞋子，
绣颗红星藏鞋里，
悄悄送给红军哥：
穿上走路快如飞，
等死等活只嫁你。

绣花手帕送郎君

红色丝线手帕缝，
绣上红星在当中，
妹送郎哥悄悄说：
快当红军杀敌人，
革命成功再成亲。

郎哥去年当红军

郎哥去年当红军，
今年还未转回程，
眼见云头天边落，
妹妹思郎在心中，
夜里梦郎当英雄。

红军来了春天到

红军来了春天到，
风吹叶儿轻轻摇，
黄花开像五角星，
人说这是红军草，
闪闪望着红军笑。

百姓红军一家人

红军个个笑盈盈，
百姓亲切迎进门，
帮打土豪分田地，
帮着穷人拔穷根，
百姓红军一家人。

麻扎草鞋八条根

麻扎草鞋八条根，
穿脚走路好轻松，
劝娘万事要想开，
一去消灭白匪军，
打了胜仗就回村。

郎当红军为大家

山顶摇曳一棵茶，
春来枝上开白花，
在家顶多一人好，
红军队伍要扩大，
郎当红军为大家。

一支红歌唱出声

竹笋出土青又青，
一支红歌唱出声，
唱动穷人苦难心，
挺起胸来闹革命，
打倒白军建红军。
竹笋出土尖又尖，
工农团结力万钧，
地裂有我工农填，
天塌有我工农顶，
共产党来把路引。

吃鱼要吃鲫鱼背

吃鱼要吃鲫鱼背，
当兵要当先锋队，
先锋队去打白匪，
只有前进没后退，
捷报如云天上飞。

唱得太阳出山岗

桨打湖水起波浪，
饥饿寒冷要歌唱，
风声越大歌越响，
歌声越响力越强。
唱得早点把春开，
唱得太阳出山岗，
唱得北斗位正中，
四面八方都照亮。

红军红旗到处飘

洞庭水，映红霞，
太阳出来照万家，
渔民纷纷来下湖，
双手用力把桨划，
白天同把鱼来捕，
夜里同把白匪抓。
打得白匪喊投降，
打得豪绅叫爹妈，
红军红旗到处飘，
渔民个个笑哈哈。

红军心爱老百姓

儿女长大靠双亲，
穷人翻身靠红军，
爹娘心爱亲儿女，
红军心爱老百姓，
打下江山万年红。

打条鲜鱼敬红军

洞庭湖水波浪起，
周围芦苇长得密，
东边菱角西边藕，
南边蒿草北边鱼，
搬起麻罩到湖中，
手拿鱼篙看仔细，
麻罩虽然底没有，
下湖就是一斗米，
只要勤劳不偷懒，
人人都可有饭吃，
红军来了日子火，
生活自由腾喜气，
打条鲜鱼敬红军，
渔民真情表心意。

红军打胜仗

红军与白军，
火线接两下，
红军背刀枪，
白军抬炮塔，
白军胡乱放，
红军都伏下，
你打我就停，
你歇我来杀，
一把冲上去，
白军乱如麻，
抬起腿子跑，
枪炮丢完啦，
红军哈哈笑，
百姓人人夸，
得枪几百枝，
胜利戴红花。

我一心来嫁红军

红豆豆，白心心，
妈妈给我去说亲，
不要荣华和富贵，
不要土豪和劣绅，
我一心来嫁红军。

百姓红军一条心

天睁眼，地翻身，
百姓红军一条心，
打倒土豪除劣绅，
工农当家做主人，
永远跟党向前进。

看到红军打胜仗

看到禾苗打了苞，
肚子饿了也会饱；
看到红军打胜仗，
缸里无米也会笑，
消灭白匪和土豪。

翻身莫忘老红军

喝水莫忘挖井人，
吃饭莫忘种田人，
鱼儿莫忘塘中水，
翻身莫忘老红军，
百姓红军一家亲。

红军百姓一家人

一颗花生两颗仁，
红军百姓一家人，
红军本是老百姓，
百姓也就是红军，
生生死死一条心！

爹娘莫把儿挂怀

爹娘莫把儿挂怀，
饱食加餐心放开，
维护工农为自己，
一定多打反动派，
敌人消灭才归来。

哥妹革命一条心

河里涨水浪混混，
一半浊来一半清，
河里虽有两样水，
哥妹革命一条心，
携手一路当红军。

红军来了心花开

红军来了心花开，
我邀其他姐妹来，
大家一起闹共产，
不为官职不为财，
生死性命全抛开。

恭喜做个红军娘

咚咚锵来咚咚锵，
恭喜贺喜老大娘，
三个儿子当红军，
光荣匾额送三张，
个个打仗真漂亮。

一当红军乐哈哈

黄连树上结苦瓜，
世上最苦穷人家，
汗水洗身泪洗面，
从头苦到脚跟下，
一当红军乐哈哈。

心同意合两相好

红梅树上画眉叫，
清水塘中鲤鱼跳，
苏区婚姻讲自由，
没有人言可畏了，
心同意合两相好。

讲起红军就惊人

唱歌爱唱当红军，
讲起红军就惊人，
推翻反动国民党，
打倒地主和豪绅，
消灭凶恶白匪军。

红军打进南洲城

粗布军装八角帽，
威武雄壮嗓音高，
红军打进南洲城，
百姓人人喜得跳，
好比天上救星到。

穷人百姓见天光

工农红军人马强，
勇敢打仗向前闯，
杀得白匪喊爹娘，
马上跪下就缴枪，
穷人百姓见天光。

第四辑 百姓红军一家人

大家来走红军路

红军弟兄真威风，
一颗红星戴当中，
大家来走红军路，
钢枪马刀背在身，
赤旗飘飘满天红。

红军就是救苦兵

红军就是救苦兵，
问寒问暖问苦情，
赤脚踏进穷苦屋，
言语句句赛春风，
烘暖人间命苦人。

红军就是革命军

红军就是革命军，
打仗一心为工农，
铁锤砸烂旧世界，
镰刀割断穷人藤，
迎来天地一片红。

渔民都是穷苦人

一年四季撒渔网，
参加红军理应当，
渔民都是穷苦人，
脱下渔服披军装，
放下船篙背长枪。

女子出来当红军

剪掉辫子更年轻，
女子出来当红军，
号子吹得嘟嘟响，
打仗冲锋不让人。
头发剪断更年轻，
破除封建当红军，
不受地主老财气，
革命成功做主人。

扩大红军要经常

扩大红军要经常，
党团领导要加强，
出发群众来欢送，
青年战士齐武装，
凯旋归来慰劳忙。

门外在过兵

睡到半夜深，
门外在过兵，
一不要灯光，
二不惊百姓，
只听脚步走，
没有说话声，
爹爹回家门，
说给大家听：
你们不要怕，
这是红军兵。
赶紧爬起来，
点燃大灯笼，
挂在大路边，
同志好行军。

扩红要人心甘愿

扩红不靠欺和骗，
扩红要人心甘愿，
扩红打破敌封锁，
扩红穷人勇争先，
扩红打败白匪团。

仇恨压胸力量强

同志哥你莫心慌，
仇恨压胸力量强，
半夜同烧地主屋，
天黑同抢团防枪，
拿枪投红军打胜仗。

欢送亲人当红军

南山竹子节节青，
欢送亲人当红军，
妻送夫君十里外，
爷娘送儿湖当中，
妹妹送哥湖边上，
渔民人人远相送。

红军官兵一个样

春来花开朵朵红，
红军门前开过身，
摆成一条长蛇阵，
一样服装一样枪，
不知谁官谁是兵。

红军百姓一条心

山中竹子根连根，
军爱民来民拥军，
红军百姓一条心，
团结一致力量大，
泰山扳倒海填平。

听说红军要进村

听说红军要进村，
大爹大妈好欢心，
煮饭烧茶生灶火，
搬被安铺一整平，
干干净净迎红军。

家家户户放喜炮

红军到来穷人笑，
家家户户放喜炮，
人人有吃又有穿，
千年穷根都拔掉，
铁树开花结鲜桃。

我引红军去摸营

黑夜湖边路不平，
我引红军去摸营。
白天砍掉路边刺，
怕把红军脚划肿，
划伤脚了我心痛。

绣花枕

桂树开花香喷喷，
香过院来香过村，
千香万香我不想，
单爱情哥当红军。

要给情哥留信物，
三步两步跨出村，
先买花线后买针，
急忙回家绣花枕。

拿起缎子绣花纹，
鸳鸯莲花绣当中，
枕头绣好送情哥，
不见妹时见妹心。

一队红军到我家

一队红军到我家，
不吃烟来不吃茶，
不是湖边去挑水，
便是路边把柴打，
一针一线都不拿。

红军帮忙来打场

桃枝艾叶香满堂，
红军帮忙来打场，
出门一望麦子黄，
又吃粽子又收麦，
无处不是喜洋洋。

八哥鸟儿叫一声

八哥鸟儿叫一声，
红军插田来帮工，
红丝腰带两边挂，
唱个山歌开秧门。

妹说"我的红军哥，
插田不插千边畦"，
却听一个哦嗬喊关村，
红军关得妹腰不伸！

红军在田中把秧插，
妹去堂屋之中许愿心：
鞭子一响又敲磬，
保佑红军腰不痛。

红军插田帮姣莲

阳雀叫来喊插田，
红军插田帮姣莲。
把个盐鸭蛋红军哥：
"百姓感激在心间，
你眼睛望水背朝天，
那脚杆子弯弯像犁辕。"

清水到田哗啦啦

屋前湖边一树花，
花树下头装水车，
红军车水腿劲足，
一天从不喊脚麻，
清水到田哗啦啦。

对　花

什么花的姐来什么花
的郎？
什么花的帐子什么花的床？
什么花的锦被什么花
的枕？
什么花的垫子好梦乡？
揭开锦被什么花儿香？
什么花儿盛开在战场？

红军花的姐来光荣花的郎，
荷花的帐子桂花的床，
芙蓉花的锦被茶花枕，
竹叶花的垫子好梦乡，
揭开锦被桂花儿香，
红军姐郎的功勋花盛开在
战场！

我在湖边打山歌

牛在路边啃青草，
我在树上打山歌，
山歌打得满湖飞，
情报送给红军哥。
白匪休想来偷袭，
湖边放哨像飞鸽，
利用山歌传信号，
山歌唱给红军哥。

红军妹妹生得乖

红军妹妹生得乖，
灰衣绑腿红花鞋，
双枪插在腰带上，
眼似铜镜好风采，
抬头照亮九条街。

唱歌要唱革命歌

唱歌要唱革命歌,
打锣要打苏州锣,
好锣不用重锤打,
好汉不用话语多,
只要五句小山歌。

我爱红军打天下

柑子树儿开白花,
红军来到我的家,
红军爱我我爱他,
红军爱我跟党走,
我爱红军打天下。

两眼梭梭望红军

屋朝南开双合门,
南风悠悠来吹进,
抽把椅子当门坐,
渍麻只看操场中,
两眼梭梭望红军。

送 茶

六月炎炎太阳天,
红军操练未得闲,
想起红军冇带茶,
只怕干得口冒烟。
烧上一壶清清水,
加上一把好干姜,
添搅一些红砂糖,
提起茶桶送操场。

红军哥苦练姐心疼

太阳当顶如火烧，
山中树木都放痧，
过路君子喝凉水，
妹在房中把扇摇，
苦了红军哥日下烤。

太阳当顶热烘烘，
晒得红军哥汗直淋，
一无毛巾去揩汗，
二无斗笠去遮阴，
大太阳晒得姐心疼。

太阳当顶热烘烘，
晒得红军哥脸黑红，
妹双膝跪在尘埃地，
洗手焚香秉天公，
请朵乌云遮天空。

红军哥归来喊肚嘈

红军哥归来喊肚嘈，
妹才厨房把米淘，
斗米下锅难得滚，
湿柴进灶难得烧，
搭信喊哥饭没好。

红军哥门外喊肚嘈，
妹正后园打仙桃，
长篙短篙打不下，
脱下罗裙上树摇，
摇仙桃给哥好垫嘈。

注：嘈，方言即饿之意。

相逢待到胜利时

哥见妹是桃花时，
哥心思妹知不知？
蜘蛛结网檐前挂，
不来飞蛾枉费丝（思），
哥当红军把妹离。
妹识哥恰绿柳时，
哥的心事妹早知，
好比蚕和蜘蛛子，
各自到死不断丝（思），
相逢待到胜利时。

红军四季练兵歌

春季里来百花香，
正是练兵好时光，
刺刀上在枪头上，
同为革命练兵忙。

夏季里来热难当，
日头似火烘脊梁，
哪管天地是蒸笼，
同为革命练兵忙。

秋风吹来一片黄，
农民割稻在田庄，
要使耕者有得食，
需为革命练兵忙。

腊月寒冬霜满天，
山岗到处闪银光，
寒风刺骨从不怕，
要为革命练兵忙。

一年四季天常变，
革命日月放红光，
工农政权要稳固，
同为革命练兵忙。

爱民情意姐心藏

红军早起雾茫茫，
替人担水来井旁，
忽见前边人影晃，
同来担水神情爽。
哥说我的姐：
"你上有哥来下有弟，
为何要你担水忙？
压姐身子疼我肠。"
姐说我的哥：
"哥哥田边要薅草，
弟弟园边采花忙，
我不担水谁来担？"
哥说我的姐：
"横直此时雾茫茫，
我来帮你担几担，
爱民情意姐心藏。"

红军上战场

一声军号响，
红军上战场，
腰间横马刀，
肩上扛"五响"。

父老送子弟，
妻子送亲郎；
红军人马多，
大队十里长。

一打蒋介石，
又打国民党，
江山归一统，
红军万年长。

洞庭永远放金光

赤卫队员住湖上，
神出鬼没本领强；
蒋贼损兵又折将，
转攻为守驻村庄。

蒋贼团长细思量，
忽然一计到心上：
严禁渔民下湖去，
一心要饿死英雄郎。

洞庭水，宽又长，
渔民偷渡来送粮，
刀杀斧砍全不怕，
穷人脖子硬似钢。

洞庭水，闪金光，
头断血流不投降，
赤卫队员意志坚，
大家同声把歌唱：

"芦苇丛丛是我房，
飘摇小船是我床，

菱角鱼虾当食粮，
共产党是我亲爹娘。"

"哪怕敌人垒铁墙，
哪怕敌人撒天网，
革命好比通天柱，
天高地厚无阻挡。"

"莫说蒋贼力量强，
莫笑赤卫湖中藏，
白旗虽盖洞庭区，
湖水永远放金光！"

红旗红马红缨枪

红旗红马红缨枪，
闹革命离不了共产党。
山南海北飘红旗，
苏区处处见太阳，
美好景色是家乡。

打得白军无处逃

不怕白军东洋刀，
不怕白军枪和炮，
我们穷人团结紧，
打得白军无处逃，
乖乖全都把枪缴！

军鞋双双写名帖

姐姐回家大半夜，
鸡叫三遍还未歇，
戳破窗纸偷偷瞄，
提笔认真费心血，
军鞋双双写名帖。

红军爱人民

什么高？
天最高，
青天虽然高，
哪来穷人志向高。

什么深？
海最深，
海水虽然深，
不及夫妻恩爱深。

什么亲？
爹娘亲，
爹娘虽然亲，
比不上红军爱穷人。

恋哥只恋红军哥

恋哥只恋红军哥，
红军威武好雄壮，
腰间插着手榴弹，
手里拿着驳壳枪。

恋哥只恋红军哥，
红军一心保家乡，
红军打倒反动派，
土豪劣绅一扫光！

掩护受伤同志

床铺下，挖土房，
藏着红军在养伤，
天天按时给换药，
三餐及时送铺旁，
伤好送他上战场。

送亲人

做双鞋子送亲人，
送哥今日当红军，
鞋子虽丑情意深，
蜡烛点火一条心。

做双鞋子送亲人，
嘱咐哥哥记在心，
打一仗来胜一仗，
立功写信安妹心。

小妹日夜做衣裳

秋气生，秋风凉，
小妹日夜做衣裳，
衣裳做好送前线，
红军哥哥都穿上。
穿新衣，戴新帽，
红军天天打胜仗，
白军死了层叠层，
妹妹听了笑声爽。

第四辑 百姓红军一家人

十杯酒

一杯酒，望郎来，
我郎离家到乡外；
郎当红军无限好，
妹在家中挂心怀。

二杯酒，望郎君，
我郎几天不回程；
郎在外面当红军，
妹抓田中好收成。

三杯酒，好欢心，
郎君今日当红军；
红军品质无限好，
红军家属亦光荣。

四杯酒，进绣房，
心想郎君喜洋洋；
郎君吃了红军粮，
操起枪支打胜仗。

五杯酒，好心窍，
我郎去拿机关炮，
冲锋陷阵向前跑，

粉碎敌堡手段高。

六杯酒，上战场，
我郎身在火线上，
忠实勇敢把名扬，
这是妹的好希望。

七杯酒，做工作，
革命工作事情多，
郎在外面挂念妹，
妹念郎君且高歌。

八杯酒，往前进，
我郎本不怕牺牲，
牺牲性命不要紧，
只要杀尽反革命。

九杯酒，除军阀，
除了军阀安天下，
我的郎君胆子大，
不要挂念妹在家。

十杯酒，夺政权，
革命迎来红世界，
到处成立苏维埃，
社会主义人人爱。

妇女们慰劳好红军

红军打仗为我们，
不怕危险与艰辛，
妇女们慰劳好红军，
哎哟哎哟哎哎哟！
妇女们慰劳好红军。

革命高潮快到来，
扩大红军更应该，
妇女们慰劳送草鞋，
哎哟哎哟哎哎哟！
妇女们慰劳送草鞋。

红军打仗实辛苦，
是为工农谋出路，
妇女们缝洗军衣服，
哎哟哎哟哎哎哟！
妇女们缝洗军衣服。

一切敌人消灭光，
革命成功转家乡，
妇女们慰劳齐欢唱，
哎哟哎哟哎哎哟！
妇女们慰劳齐欢唱。

红军百姓一家亲

红军真是兄弟兵，
到处受人来欢迎；
日里下田种禾苗，
夜里拿枪打敌人。
一颗花生两颗仁，
红军百姓一家亲，
红军本是老百姓，
百姓也就是红军。

苏区妇女掌犁耙

满田草子开红花，
苏区妇女掌犁耙，
驾着水牯追日月，
一天耕耘五亩八！

石榴花开心里红

石榴花开心里红，
同志个个是英雄，
坚决斗争是出路，
加入红军最光荣。

石榴花开心里红，
跟党革命最坚定，
革命帮穷不帮富，
扩大百万铁红军。

送食盐

半夜里，黑沉沉，
又无月亮又无星，
老乡挑起盐担子，
雷急火燎奔出门。
出了门，向北走，
一路摸到大草坪，
找到红军指挥部，
送给食盐几十斤。

红军就像亲爹娘

天上喜鹊叫喳喳，
红军打个大胜仗，
工农群众笑哈哈，
反动恶霸丧了胆。
两个半斤十六两，
两个军队不一样，
白军好比恶煞鬼，
红军就像亲爹娘。

红军穿上打胜仗

桐油灯，亮堂堂，
照着妹妹补衣忙，
一针一线缝得紧，
把我心意全缝上。
扣子钉得牢又固，
补丁补得平又光，
快把军衣缝补好，
红军穿上打胜仗！

红军就是三月风

郎在湖边放风筝，
飘飘飞入白云中；
风筝像郎放得远，
红军就是三月风。

红军人人好枪法

东方红日喷彩霞，
枝枝钢枪肩上挂，
红军人人好枪法，
花生米送给白狗子，
颗颗子弹中活靶。

注：南县方言"花生米"即
子弹头。

军民情谊重如山

军民情谊重如山，
情深似海永不干，
彩霞做伞遮得远，
太阳当灯照得宽。

云开日出是真晴

鲤鱼有须又有鳞，
郎哥有口又有心，
庆功会后来看我，
云开日出是真晴（情）。

我帮红军洗军装

手提竹篮到湖旁，
我帮红军洗军装，
情谊染透湖乡水，
醉得千里荷花香！

红军妹子好风采

红军妹子好风采，
恰似莲花带露开，
走到林前鸟起舞，
走到湖边鱼游来。

杀完白匪再相逢

队伍开拔要启程，
哥骑狮子妹骑龙；
狮子闹山龙闹海，
杀完白匪再相逢。

洗下衣裳望下郎

郎哥练兵在操场，
姐在水跳洗衣裳，
洗下衣裳望下郎，
棒棒捶在石头上。

比个脚样做鞋穿

红军挑水去湖边，
小妹赶得到沙滩，
不是追上扯后腿，
比个脚样做鞋穿。

姐爱红军在心间

葛藤上树团团转，
姐爱红军在心间；
今生爱他五十载，
死后还爱一百年。

莲子抛给红军哥

红军哥从湖边过，
荷丛飘出采莲歌；
阿妹心似湘莲子，
隔水抛给红军哥。

姐爱郎哥当红军

石榴花开如火红，
姐爱郎哥当红军，
不学灯笼千只眼，
只学蜡烛一条心，
革命到底永相亲。

蜂糖没有茶水甜

大妈摆茶在路边，
心意装在茶缸间，
手捧铜碗喝下肚，
蜂糖没有茶水甜。

麻鞋穿上永不脱

新做麻鞋四条索，
亏妹打来亏妹搓，
连夜穿上打白匪，
行军千里永不脱。

贫苦妇女上学堂

斗字不识苦难当，
世世代代睁眼盲，
红军教我开眼界，
贫苦妇女上学堂。

红军帮我搞劳动

红军个个是亲人，
帮助穷户搞劳动，
担秧脚步快似箭，
插田双手疾如风。

识字识到五更头

识字识到五更头，
芯尽油干不用愁，
点支长香作灯芯，
滴串汗水当灯油。

英雄红军学文化

好铁淬火更钢强，
好灯加油更明亮，
英雄红军学文化，
好像猛虎添翅膀！

妹变芙蓉水上漂

妹在湖边把米淘，
忽见水桶红光耀，
红军哥哥来挑水，
愿变芙蓉水上漂。

湖边竖块识字牌

湖边竖块识字牌，
小船袭敌夜归来，
星光当得圆月亮，
照见"红军人人爱"。

慰劳红军打胜仗

妹妹驾船摇双桨，
哥哥捕鱼撒丝网，
打得满舱金丝鲤，
慰劳红军打胜仗！

我接红军来养伤

我接红军来养伤，
用斗苞谷熬砂糖，
一回熬得糖八两，
两回熬得一斤糖，
慢慢熬得红军尝。

第四辑　百姓红军一家人

鱼水深情分不开

葵花籽儿紧相挨，
穷人红军连成块；
血肉相连割不断，
鱼水深情分不开。

我郎喝了苏区水

送郎当兵到山窝，
手捧溪水给郎喝，
我郎喝了苏区水，
三年五载口不渴。

树下望我红军郎

高山顶上好乘凉，
树下望我红军郎，
眼睛望穿九重岭，
颈跟伸起丈把长，
只盼前方打胜仗！

吃菜要吃白菜心

吃菜要吃白菜心，
当兵就要当红军，
红军跟党打天下，
一心专救受苦人，
搭救穷人出火坑。

哥当红军离水乡

哥当红军离水乡，
妹在家中想得慌，
好比鲤鱼吞钩钓，
日挂肚来夜牵肠。

拿枪造反当红军

杀了恶霸逃出村，
拿枪造反当红军，
活为穷人流血汗，
死给后代留忠魂！

姐妹都去当红军

姐妹们，要想清，
男女本来都平等。
为什么，女人脚，
包得紧又紧？
三步难走一尺远，
就得喊脚痛。
大家起来松开绑，
快去当红军！

我爱郎哥杀敌忙

一枝红杏开过墙，
郎哥爱我我爱郎，
郎哥爱我支前好，
我爱郎哥杀敌忙！

荷花出水日日新

荷花出水日日新，
我送丈夫当红军，
保卫工农胜利果，
隔山隔水不隔心。

送郎参军到村头

送郎参军到村头，
村头一树好石榴，
剖开石榴几多籽，
似妹情意在心头。

红旗飘飘招哥来

蜜蜂千里寻花采，
洪湖苏区花正开；
哥投红军似蜜蜂，
红旗飘飘招拢来。

投红军

没日没夜做长工，
恶霸还骂是懒虫，
只见对湖红军到，
杀了恶霸去投军。
去投军，
顶天立地跟党走，
出生入死闹翻身！

花美难比红五星

天上星多难比月，
海中鱼多难比龙，
鸟美难比天上凤，
花美难比红五星。

红军是月我是星

天上星月亮晶晶，
红军是月我是星，
月亮落了我也落，
月亮升时我也升，
早不相逢晚相逢。

冲破敌人万道关

鲤鱼游水上河湾，
不怕丝网满河拦，
穷人结伴投红军，
冲破敌人万道关。

红军好比千年松

红军好比千年松，
长在穷人心窝中，
白匪要砍砍不倒，
顶天立地入长空。

把郎画在眼珠上

郎当红军离家乡，
请个画匠画郎像，
把郎画在眼珠上，
看在哪里都有郎。

思恋前方红军哥

送郎扛枪当红军，
几年不见回家中，
蜘蛛结网三江口，
水推不断丝（思）是真。

哪家不把红军恋

太阳出水金闪闪，
郎当红军妹划船，
哪条船走不靠水？
哪家不把红军恋？

我心系住情哥心

哥去远方当红军，
临走要我织汗巾，
扯把头发织进去，
我心系住情哥心。

水远山长不离分

情哥要去当红军，
情妹趁夜忙飞针，
金荷包上绣鸳鸯，
水远山长不离分。

新鞋送哥去远征

红军出发去远征，
新鞋送到哥手中，
千山万水闪身后，
好似蹬着风火轮！

油菜花开满园黄

油菜花开满园黄，
韭菜花开满园香，
郎当红军来报捷，
妹当模范配成双。

郎妹投军永不丢

天上落雨地上流，
鲫鱼伴着鲤鱼游；
鲤鱼摆头游在前，
鲫鱼张口跟在后，
郎妹投军永不丢！

只盼红军早回乡

找红军

土豪劣绅害穷人，
只有红军是救星，
郎今星夜离家走，
千山万水找红军，
只有红军救穷人。

红军走了还会来

青天黑了还会白，
花儿谢了还会开，
为了穷人吃饱饭，
打倒蒋匪反动派，
红军走了还会来。

红军来了才有家

没有太阳哪有霞？
没有春树哪有花？
只有工农团结紧，
红军来了才有家，
幸福万代永不垮。

只盼红军早回乡

祈春等暖待花香，
看星望月盼太阳，
一条大路通天远，
千山万水不觉长，
只盼红军早回乡。

盼来红军把头抬

五月红红石榴开，
盼来红军把头抬，
上床能睡安稳觉，
敞开大门没贼来，
享受太平好世界。

红军转战到湖边

洞庭湖来千里宽，
红军转战到湖边，
快把红军渡过去，
白匪追来也枉然，
谁叫千里浪滔天。

盼望红军转回乡

雨天盼望出太阳，
冬天盼望百花香，
盼得铁树开红花，
盼得红军转回乡，
工农江山万年长。

梦见红军回家乡

半夜三更出太阳，
梦见红军回家乡，
九曲鲜花夹路开，
十里红来百里香，
雄鸡一唱亮东方。

庆祝红军凯旋归

喜鹊报捷眼前飞，
杀敌缴枪一大堆，
白匪进攻全粉碎，
蒋贼当了"运输队"，
庆祝红军凯旋归。

表表我心怀

燕子春天来，
百花逢春开，
红军同志哥，
几时得回来？

预备一瓶酒，
做点家常菜，
红军回来了，
表表我心怀。

常把亲人来思量

黑夜长长等天光，
白匪又来烧杀抢，
红军在时多快乐，
常把亲人来思量，
盼望红军打回乡。

哥哥回来又走了

夜里听得狗在咬，
红军哥哥回来了，
脚上穿的土布鞋，
头上戴的大草帽，
身上披着粗布衣，
腰里围的一草腰，
别着一把盒子枪，
手拖一把大砍刀，
板凳还没坐发热，
马上出发又走了。

等到红军再回来

天上红云盖乌云，
万点星星眯眼睛，
负伤没上前线去，
烦在心头泪满襟。

鱼靠水来水养鱼，
绿叶衬花花映叶，
红军百姓一家人，
好比身上肉和血。

寒冬一过就回春，
鸡唱三遍天会明，
等到红军再回来，
敲锣打鼓去欢迎。

送红军

星亮天未明，
红军把队排，
亲人要去杀仇敌，
几时再回来？

星星伴月亮，
依依难分开，
乡亲朋友来送别，
送到村头外。

送别没礼物，
一双青布鞋，
穿上快冲打胜仗，
早日回家来。

胜利回来妹来接

李树开花一树白，
送哥从军好热烈，
英勇杀敌立战功，
喜鹊飞来在报捷，
胜利回家妹来接。

除非等待子弟兵

白匪军，进了城，
平地刮起大怪风，
不见晴天不见日，
不分南北共西东；
呼天天不语，
求地地不灵，
穷人要想活性命，
除非等待子弟兵。

梦见红军打回来

昨夜灯前做军鞋，
夜深不觉瞌睡来，
靠在椅上做一梦，
梦见红军打回来！

红军尽是英雄汉，
杀得白匪倒满田，
豪绅吊在大树上，
细细跟他把账算。

穷人个个乐开怀，
我从梦中笑醒来，
醒来不见红军面，
只见灯花放光彩！

夜里梦到红军来

夜里梦到红军来，
醒来赶忙做酒菜，
壶里白酒变淡了，
油煎豆腐起青苔，
红军何时才到来。

哥妹盼红军

太阳落水西面红，
哥在湖边手搭棚，
望断云山盼红军，
望得心里暖烘烘，
哎哟嘞，决定投红军，
红军工农是弟兄。

太阳落水天色灰，
妹心随歌苏区飞，
首先遥问红军好，
再问杀敌几时回？
哎哟嘞，我已准备好，
蛋酒招待亲人归。

盼红军

望红军来盼红军，
天黑望得天又明，
秋来望得又是春，
山上土堆望成马，
路边石头望成人。

盼回红军骑骏马

想红军想得白头发，
盼红军盼得眼睛花，
盼得小孩又长大，
盼得古树又发芽，
一天盼一天，
一年盼一年，
盼得红军骑骏马，
地主垮台穷人坐天下。

第五辑　只盼红军早回乡

十二月望红军

正月望红军没有来，
早挂心中晚挂怀，
一壶好酒留淡了，
望红军来了好满筛，
有心望郎哥却没来。

二月望红军是春分，
白匪杀人进了村，
杀人就像割韭菜，
放火就像发了疯，
天塌地陷自己顶。

把天敬来把地拜，
梦见红军却未来，
正月间杀敌训练缠住了，
二月间杀敌爬山岩，
打胜仗红旗迎风摆。

三月望红军还没来，
后背园中桃花开，
搬把椅子桃树下坐，
手攀桃枝望郎哥来，

望天望地只花开。

四月望红军插田忙，
乡里人多扯早秧，
打开纱窗瞧一眼，
扯秧的人儿双对双，
唯独不见红军郎。

把天敬来把地拜，
拜上敬下红军还未来，
三月抛粮要下种，
四月立夏插田忙，
等郎哥来又到端阳。

五月望红军是端阳，
龙船鼓响闹湖江，
两边坐的划船手，
中间坐的打鼓郎，
郎哥还未回家乡。

六月望郎热茫茫，
姐在房中歇荫凉，
扇子一收汗只流，
人不扇凉汗水淌，
苦了郎哥在远方。

把天敬来把地拜，
盼望红军仍未来，
五月田里扯稗草，
六月天气热难挨，
要等郎哥待秋来。

七月望红军七月七，
眼泪汪汪往下滴，
泪水流在垫子上，
垫子上面船飘起，
枕头流进花园里。

八月望红军还没来，
后园搭起瞭望台，
一日台上望三转，
三日台上望九回，
郎哥不到不拆台。

把天敬来把地拜，
诚心拜红军仍未来，
七月田中担稻草，
八月担谷上仓台，
看了重阳又到来。

九月望红军是重阳，

干鱼腊肉味遭殃，
别人鱼肉吃完了，
我家鱼肉待郎哥尝，
日夜想起哭一场。

十月望红军立了冬，
门前吹起冷霜风，
早晚莫到江边走，
风雨不要抹脑淋，
伤风头疼伤郎神。

敬天拜地还愿来，
盼望红军泪满腮，
九月重阳蒸米酒，
十月生意有点呆，
望山望水望郎来。

十一月望红军落雪霜，
不知杀敌在哪方？
身上衣服穿得暖，
脚下鞋子莫穿帮，
被服雨伞须带上。

十二月望红军又一年，
梳头洗脸禀告天，

妹在家中来思念，
只盼郎哥早凯旋，
恢复苏维埃万万年！

心里红军撤不走

尝新多装一碗饭，
过节多斟一杯酒，
枕头床上多一个，
影子心中烙印厚，
新米饭给红军尝，
美酒是为红军留，
梦里红军同床睡，
心中红军在左右，
红军本来已转战，
心里红军撤不走。

只盼红军哥来穿鞋

黑漆柜上亮灯台，
旁边做着红军鞋，
青布帮子粉白底，
千针万线扎紧来，
只盼红军哥来穿鞋。

望红军哥望得双泪流

远隔青山路迢迢，
不见红军哥来一遭，
流了好多相思泪，
手帕抹烂几多条。

梁上燕子头对头，
望红军哥望得双泪流，
人问：为何掉眼泪？
"蚊子飞进眼角头。"

望红军哥

望哥二十一，
红军下坡去，
顺手扯着灰军衣，
如何舍得你。

望哥二十二，
夜里灯点上
孤身一人做鞋子，
如何得天亮。

望哥二十三，
张八幺姑依门站，
十指尖尖弯指算，
何日得回还。

望哥二十四，
风一吹来如扎刺，
望人不到眼泪流，
怎么过日子。

望哥二十五，
家家此时打年鼓，
一棰锣来二棰鼓，

打得妹心苦。

望哥二十六，
手中拿着象牙梳，
十指尖尖把头梳，
梳头解忧愁。

望哥二十七，
苦思茶饭不想吃，
眼泪汪汪往下滴，
为那远征的。

望哥二十八，
从心到身肉也麻，
砂糖的茶水吞不下，
喉咙都硬啦。

望哥二十九，
鱼肉茶饭难进口，
相思之病诊不好，
还要病多久。

望哥三十早，
路边邻居两姑嫂，
他哥领了同步调，
又说又有笑。

望哥三十中，
太阳正是当顶红，
想起红军心里暖，
革命定成功。

望哥三十夜，
蜡梅枝开报春花，
迎来红日满天霞，
红军早归家。

辞　别

当了红军要远走，
辞别来到妹门口，
看见妹妹门前站，
紧紧拉住妹的手。
满腹心事如何说？
摘颗红星送妹手，
相好要好一辈子，
红要红在心里头。

横也丝（思）来直也丝（思）

没写情话没写诗，
一方素帕寄郎知，
郎当红军打胜仗，
接了颠倒看心知，
横也丝（思）来直也丝（思）。

堂客打双麻草鞋

堂客打双麻草鞋，
洋绳作耳排两边，
不大不小正合脚，
踩在地上软绵绵；
红绒球，安在前，
一走一闪像火焰，
走到哪里哪里红，
星星之火可燎原！

三更月牙歪

三更后了月牙歪，
蝙蝠飞倦早睡开。
姑娘何事扒窗望，
心烦意乱等谁来？

未毕等郎定佳期？
兵荒马乱可不易；
最好等到胜利后，
庆功堂里拜天地。

好姑娘呀别生气，
别听我这疯言语。
谁知你半夜搞联络？
是在给红军传消息。

梦见红军转回来

昨夜做梦梦得强，
梦见红军转回乡，
斗地主，斗劣绅，
地主恶霸坐班房，
夺回田地夺回屋，
夺回财产和牛羊。
白沙洲上开百花，
平原地上稻谷黄，
树上笋瓜斗样大，
喂的猪像水牛样，
村村都是新瓦屋，
苏维埃旗帜迎风扬。
家家欢歌人人笑，
生活甜得像蜜糖。

六送红军

一送红军下了山，
秋风细雨缠绵绵，
山里野鸟哀号叫，
树树梧桐叶落完，
红军啊！
几时人马再回还？

二送红军大道旁，
红漆木桌路边放，
桌上摆满送行酒，
酒坛里边掺蜜糖，
红军啊！
恩情似海不能忘！

三送红军上大道，
锣无声来鼓不敲，
双双拉着老茧手，
血肉感情不能抛，
红军啊！
心似黄连脸却笑。

四送红军过洞庭，

湖边稻谷金灿灿，
稻谷田是红军插，
稻谷丰收穷人担，
红军啊，
撒粮下种红了天！

五送红军道路宽，
队伍挂在心中间，
红军哥哥莫远走，
走远会来"还乡团"，
红军啊！
那个日子肝肠断！

六送红军转回来，
九都山上搭高台，
台高十丈白玉柱，
雕龙绣凤放光彩。
红军啊！
人人都望早回来！

盼望红军回家乡

春季里来暖洋洋，
红花开放满山岗，
朵朵红花喷喷香，
姑娘站在花树下，
盼望红军回家乡。

红军都是好儿郎，
共产党呀是爹娘，
爹娘哺育儿女大，
姑娘站在花树下，
盼望红军回家乡。

红军个个是英雄，
毛主席呀像太阳，
太阳照耀万物长，
姑娘站在花树下，
盼望红军回家乡。

山上树木当房屋，
树叶树籽当食粮，
星星伴我到天亮，

姑娘站在花树下，
盼望红军回家乡。

山上树木青又青，
洞庭流水长又长，
今天盼来明天盼，
姑娘站在花树下，
盼望红军回家乡。

心里只想红军哥

一年北风雪又落，
放牛放马上山坡，
八哥飞去又飞回，
不见我那红军哥。
红军哥呀红军哥，
搭个信儿捎把我，
日子过得怎么样？
战斗打得又如何？
日日夜夜想红军，
盼望归来奏凯歌！

一时不见红军面

黑雾漫漫不见天，
海水洋洋不见船，
穷人队伍搞转移，
一时不见红军面，
犹如隔了几十年。

不打胜仗不回乡

红漆桌子四四方，
笔墨刀枪摆中央，
你要文的动笔墨，
你要武的动刀枪，
不打胜仗不回乡。

敲锣打鼓迎红军

敲锣打鼓迎红军，
唱歌跳舞闹哄哄，
个个围住红军哥，
青年女子上前问：

一问哥哥冷不冷，
衣服破了易受冻，
送上鞋袜十万双，
拿来针线把衣缝；

二问哥哥饱不饱，
打仗莫让肚子空，
送上干粮千万袋，
红军哥哥好冲锋；

三问哥哥姓和名，
祝你打仗立大功，
立下战功转回家，
革命胜利喜相逢。

盼红军回家

吃的野叶馊豆渣，
喝的清水煮白茶，
穿的破衣烂麻布，
住的墙倒又屋塌，
做的如同牛和马，
挣的星点都没拿，
因在别人的手下，
怕的连打还带罚，
要想处境得改变，
只盼红军快回家。

盼望红军早回来

不怕上天再高远，
也要把天来望穿；
不怕山岭再厚实，
也敢把山来望断；
望的是红军早回来，
望的是幸福万万年。

想起红军又要来

想起红军又要来，
偷偷又把船来抬，
一条大船抬下河，
好渡红军过湖来。
想起红军又要来，
暗地又把名字排，
一人一把长梭镖，
地下武装搞起来。

一颗红心抢不走

哪怕白匪是恶狼，
杀我亲人抢我粮，
一颗红心抢不走，
今生只跟共产党，
砍掉脑壳也不投降！

自从红军走了后

自从红军转移走，
日里急来夜里忧，
出门忘了跨门槛，
灌田忘了开刨口，
吃饭好比吞石头。

红军就是好

白军来了我忧愁，
红军来了我接头，
白军走了我欢喜，
红军走了我泪流，
我盼红军转回头。

日夜眺望盼红军

自从红军西北上，
穷人日夜齐眺望，
盼望革命早成功，
扛着红旗回家乡。
盼过太阳盼星星，
总是没见红军来，
眼泪流如水下滩，
流得枕头起青苔。

第六辑

红心永不变

看敌脑袋开花了

背土枪，开土炮，
入红军，打土豪，
碰见白匪就开火，
看他脑袋开花了，
个个欢笑齐叫好！

南洲遍地是红军

白匪恶，白匪凶，
狗咬太阳枉费心，
妄想把红军消灭掉，
妄想让石头变黄金，
南洲遍地是红军！

不怕白匪用刀砍

红军阿哥像棵松，
威武雄壮耸半空，
不怕白匪用刀砍，
不怕白匪挖眼睛，
抛头洒血迎日红。

不杀白匪不罢休

沱江水，向南流，
我跟白匪结了仇，
我家茅屋他放火，
我家爹娘他砍头，
拿起刀枪当红军，
不杀白匪不罢休！

拼死真情不外讲

太阳一出亮四方，
郎靠妹来妹靠郎，
磨破脚手爬回家，
浑身血迹对郎讲：
白匪队长审问我，
你郎投没投共产党？
白衣打成红衣服，
舍得命来舍不了郎！
浑身打烂还能好，
头发扯掉还会长，
共产党是主心骨，
拼死真情不外讲。

洞庭湖上打游击

洞庭湖上打游击，
芦林船舱好天地，
蓝天白云陪我住，
水里鱼虾供我吃，
野鸭一飞可报警，
吃住湖上样样齐，
智取进剿白匪军，
他们是来送枪的！

红军妻谁怕把头抛

不招不招就不招，
脑袋一个命一条，
人前人后去打听，
老娘岂会来讨饶？
红军妻谁怕把头抛！

白匪来了就开绑

白匪来了就开绑，
跑进院子就开抢，
一进屋中先翻柜，
抢了钱来再抢粮，
最后绑走大姑娘。

湖　村

白匪只要一到村，
狗咬猫叫尽怨声；
红军只要一到村，
男欢女笑都欢迎，
人人心中一杆秤。

白匪来了似豺狼

天荒荒啊地荒荒，
白匪来了似豺狼，
开口要吃穷人肉，
动手要挖穷人肠。
衣服扒得光溜溜，
粮食抢得净光光，
姑娘抓得去做小，
青年拉去背长枪。

时刻准备打豺狼

天是屋，地是床，
芦林杨柳是营房，
水上荷叶当被盖，
水里鱼虾作米粮，
不怕白匪来进剿，
飞鸽放哨在树上，
睡觉也睁一只眼，
时刻准备打豺狼！

掉转枪口当红军

弟兄为谁把命拼，
家里阿妹实痛心，
壮丁不再当炮灰，
擦亮眼睛路认清，
掉转枪口当红军。

不怕滚油锅里炸

刀枪丛中不害怕，
恶龙口里敢站下，
我是红军不变心，
不怕滚油锅里炸，
情报嚼烂咽下了。

除非长江水倒流

日出东方落西头，
红军爷今落白匪手，
要爷变心来投降，
除非西边升日头，
除非长江水倒流！

我心早属红军哥

土豪劣绅我不怕，
坐牢砍头那算啥？
我心早属红军哥，
心中日夜来牵挂，
要嫁除非六月黑雪下！

姑娘心早属红军

媒人莫要总来问，
金银成山不动心，
不是姑娘不想嫁，
姑娘心早属红军，
要嫁只嫁心上人。

生死只爱红军郎

乌云怎能遮太阳，
不怕白匪活阎王，
砍了头颅还有颈，
挖了心肝还有肠，
生死只爱红军郎。

妹心专恋红军郎

妹心专恋红军郎，
不怕门前架刀枪，
盼郎战场多杀敌，
天大事情妹担当，
生生死死恋成双。

梭镖缴得盒子枪

新打梭镖两面光，
拿起梭镖上前方，
梭镖锋利杀白匪，
夺得一把盒子枪，
红军天天打胜仗。

士兵快来投红军

人类痛苦莫如兵，
受的压迫说不尽，
士兵呀你可伤心？
想起两眼泪纷纷。

一入营门死不回，
冲锋打仗当炮灰，
日放哨来夜守卫，
睁眼看着别人睡。

含悲忍泪去当兵，
抛妻别子舍双亲，
实望讨个好出身，
谁知禁闭进牢门。

可怜舍命来吃粮，
东奔西跑为谁忙，
挡炮挡枪替军阀，
平白送死无名堂。

好了好了真正好，
如今有了出路找，

到处发动起兵暴，
打倒军阀哗变闹。

红军本是穷人军，
拼命原为救穷人，
问你士兵是否穷，
不醒悟是忘根本。

谁人不是娘生肉，
应该快快找出路，
不替军阀去卖命，
快投红军莫落后。

快快掉转你的枪，
杀尽军阀和官长，
自己出路有保障，
有福大家都来享。

赤区群众都亲爱，
如同一家不分开，
欢迎你呀快快来，
同建全国苏维埃。

白军投红军

白军士兵们，
大家仔细听，
从前在家里，
都是穷苦人，
没有吃和穿，
缺少田地耕，
没过好日子，
又被抓壮丁，
长官骑骏马，
士兵徒步行，
每月扣薪水，
剥削士兵们，
养他姨太太，
谁个敢作声，
肚子吃不饱，
衣服不遮身，
好好小伙子，
白白把命拼。
低头想一想，
好个工农军，
干部与战士，
胜过亲弟兄，

同甘又共苦，
从不打骂人，
奉劝士兵们，
好好想在心，
赶快回心转，
敌友要分清，
打死狗军阀，
过来当红军，
自己得解放，
父母享安宁，
人人都尊敬，
千古留美名！

机关枪

一个煤油箱，
鞭炮往里装，
白匪进攻来，
点上乒乓响，
响声似机枪，
声音震四方，
吓逃白匪军，
滚爬喊爹娘！

梭镖夺回机关枪

梭镖闪闪发银光，
红军拿起上战场，
坚持游击闹革命，
梭镖夺回机关枪，
打得白匪见阎王。

怕你半途变了心

有人报名当红军，
人问是不是穷人？
要是穷人你就来，
要是富豪一边滚，
怕你半途变了心！

日头隐去乌云盖

红军北上白匪来，
脱了绣鞋穿草鞋，
红军来了吃白米，
白匪来了挖野菜，
日头隐去乌云盖。

坚持斗争把敌杀

一面红旗东山插，
深夜悄悄转回家，
杀它几只白狗子，
好枪好弹顺手拿，
上岭再把山歌打。

白匪不灭灾难多

山歌不打忘记多，
田土不作漏洞多，
笛子不吹锈眼多，
太阳不出云雨多，
白匪不灭灾难多。

逃兵归队要讲理

逃兵归队要讲理，
不能打骂关禁闭，
谁人也有失足错，
错误改了就可以，
吸取教训放第一。

楠竹焖饭喷喷香

一根楠竹大又长，
红军通开把米装，
烤上一夜焖心火，
掏出白饭喷喷香，
这比地主宴席强。

杀敌歌

冲，冲，冲！
土豪劣绅死对头，
压迫我们好难受，
枪刀如今在我手，
向前杀敌莫停留。

杀，杀，杀！
杀得白匪血横流，
红军战士不畏缩，
消灭敌人真荣光，
立功正是这时候。

欢迎白军弟兄歌

红军本是工农军，
欢迎白军弟兄们，
千万苦楚你受尽，
军阀压迫真狠心，
杀了军阀和豪绅，
回去赶快有田分，
组织士兵来暴动，
拖枪过来当红军。

欢迎白军来投诚

大雾迷茫要看清，
红军白军要分明，
白色军队是军阀，
红军才是工农军，
白军士兵你听清，
当兵就要当红军，
改邪归正重做人，
欢迎白军来投诚。

哥你不要当白军

哥你不要当白军，
白军给人来看轻，
你在队伍受打骂，
妹在村里难做人，
哥你不要当白军，
白军给人指背心，
当兵就要当红军，
你当红军妹光荣。

工农红军斗志高

春风吹来百花娇，
工农红军斗志高，
不怕白军扛的枪，
不怕白军抬的炮，
打得白军无处逃。

百战百胜数红军

我们工农革命军,
个个都不怕牺牲,
为了打下南洲城,
日行飞驰三百零。

反动派呀吓掉魂,
生的吓瘫逃不动,
死的随便填战坑,
顽固豪绅活不成。

我们前进杀敌人,
高举镰斧大旗红,
为了人民闹斗争,
百战百胜数红军。

下定决心当红军

石榴开花红通通,
下定决心当红军,
哪怕山高水又深,
山高变鸟要飞过,
水深变鱼也要行。

黑夜有了北斗星

吃菜要吃白菜心,
当兵就要当红军,
穷人跟着红军走,
红军跟着共产党行,
黑夜有了北斗星。

要当红军不怕杀

要吃辣椒不怕辣，
要当红军不怕杀，
刀子放在颈梗上，
脑壳砍落也尽它，
抛洒热血染天下。

红军拿起枪

红军拿起枪，
白军像筛糠，
红军枪声响，
白军地上躺。
红军向前杀，
白军喊爹妈，
红军打包围，
白军齐跪下。

养好身体打豺狼

南瓜做菜嗞嗞甜，
红米煮饭喷喷香，
餐餐吃得精打光，
养好身体打豺狼。
干稻草，软又黄，
金丝被子盖身上，
不怕天冷北风寒，
暖暖和和入梦乡。

举的大红旗

吃的糙米饭，
穿的土布衣，
挂的盒子炮，
举的大红旗。
为的是穷人，
讲的是真理，
杀的白匪军，
犹如刮草皮。

红军不怕衣服单

腊月小雪飘明山，
红军不怕衣服单，
翻山越岭打游击，
越打越热不怕寒，
打了胜仗赛夏天。

红军来了像神兵

红军来了像神兵，
来时从来不透信，
去时也不见踪影，
一有风吹草动起，
土豪劣绅跑不赢。

红军队伍硬是强

红军队伍硬是强，
身为熟铁心为钢，
菜刀柴刀当刺刀，
鸟铳梭镖当好枪，
次次都是打胜仗。

红军夜晚打伏击

红军夜晚打伏击，
土炮洋硝装铁籽，
单等白匪来送死，
天亮红军不见人，
白狗死尸垛死尸。

放哨歌

两眼时时看情况，
夜间两耳听各方。
口莫吃烟与弹唱，
手莫打枪和背枪。
见事之时要妥当，
查哨以外莫游浪。
莫坐莫卧听声响，
莫懒莫惰莫慌张。
夜间有人进我方，
预备方式把他挡。
叫他站着把话讲，
三问不答便开枪。
来往百姓和工商，
审问盘查要细详。
言语和平莫张狂，
举动还要将礼让。
我军部队与官长，
问明情况准来往。
敌人来了快抵抗，
鸣枪报告莫心慌。
手指白旗军士想，
倒拖枪来是投降。

叫他站着本地方，
报告官长做主张。
官长查哨把话讲，
面对敌人只管答，
一直放哨到天亮，
哨兵牢牢记心上。

红军白军来对比

红军是太阳，
白军是冷霜，
冷霜见太阳，
霎时消化光。
红军是红铁，
白军是白雪，
白雪见红铁，
一碰就消灭。

欢迎来把红军当

白军兄弟快投降，
莫为军阀把命丧，
我们都是穷苦人，
欢迎来把红军当，
永远跟着共产党。

老子好比秤一杆

反动派你睁眼看，
老子好比秤一杆，
秤杆锤烂星子在，
秤砣水泡永不烂，
老子红心也不变。

白匪军是真混蛋

白匪军，真混蛋，
吃牛肉来嫌嚼慢，
吃鸡肉来嫌瘦小，
吃鱼嫌腥不好咽，
吃菜嫌青有咸淡，
餐餐都要白米饭，
等到红军打回来，
叫你狗头变稀烂。

红军一朝凯旋归

金鸡叫了天要明，
百日阴雨总有晴，
红军一朝凯旋归，
千刀万剐白匪军，
立刻叫你命归阴。

大家要起义

白军莫怕天和地，
你们大家要起义，
只要推翻旧政权，
过来人人有饭吃，
红军待你如兄弟。

头颅可以抛

投身共产党，
头颅可以抛，
志比泰山牢，
杀了我一个，
大伙把仇报。

革命谁怕死

革命谁怕死，
怕死怎革命？
前进不后退，
生是革命人，
死是革命鬼。

老子本姓天

老子本姓天，
住在洞庭边，
日里冒一个，
夜里万万千。
杀人又放火，
豪绅都完蛋，
不杀老百姓，
只杀还乡团。

革命精神不磨灭

反动军阀手中铁，
你看工农颈上血，
头可断来身可裂，
革命精神不磨灭，
劳苦大众快团结。

坐牢好比虎养神

悬崖松柏不怕风，
革命不怕弹穿胸，
砍头犹如风吹帽，
坐牢好比虎养神，
不死出监又革命。

芦叶底下红军藏

湖中芦林高一丈，
芦叶底下红军藏，
不怕白匪多么狠，
杀得敌人见阎王，
染污洞庭水一汪。

平地天天出新坟

国民党军进了村，
平地天天出新坟，
平地埋的人哪些？
都是村里穷苦人，
要想活命投红军。

消灭白匪在眼前

白匪是蝴蝶飞上天，
红军是蜘蛛织屋檐，
你要脱身我要缠，
好汉难打脱身拳，
消灭白匪在眼前。

革命信念永不丢

明月弯弯一把梳，
革命信念永不丢，
要我叛变不可能，
除非海底干来长青草，
铁树开花水倒流！

有我就无你

老子本姓天，
住在洞庭边，
要想捉到我，
神仙也叫难。

有人要当兵，
是不是穷生？
穷生你就来，
富豪滚一边。

枪口对枪口，
刀尖对刀尖；
有我就无你，
你死我见天。
注：见天——出头翻身之意。

第六辑　红心永不变

要学苋菜红到老

苋菜红来韭菜青，
摘摘割割到如今，
要学苋菜红到老，
莫学花椒黑良心，
一辈子只做革命人！

同志嫂

同志嫂，心莫灰，
起来拥护苏维埃，
男当红军杀白匪，
女人支援理应该。

同志嫂，莫辞劳，
改穿男装精神好，
头发剪下更漂亮，
帽子一戴胆气豪。

不怕银子重如山

敌人告示贴门楼，
赏拿红军政委头；
不怕银子重如山，
买不去穷人红心肉，
称不走穷人硬骨头。

表心意

投红军，妹送哥，
一送送过十里坡，
十里高山不嫌高，
千句话儿不嫌多。
你走后，莫念我，
我是老君炼丹锅，
十万钢柴不怕烧，
四海海水淹不没，
只要你革命不变心，
我碾台滚子不怕磨。

革命信念永不丢

风吹云走天不走，
水推船流岸不流，
扛枪跟党打天下，
革命信念永不丢！

忠魂也往苏区走

不怕敌人来砍头，
砍了头颅有脚手，
一心要去当红军，
忠魂也往苏区走。

红军舍得一身剐

上树不怕大风刮，
红军舍得一身剐，
扯起红旗跟党走，
砍掉脑壳只有碗大个疤！

吃了秤砣铁了心

栽了柳树定了根，
吃了秤砣铁了心，
一心跟党走到底，
粉身碎骨不改红军名！

唱首山歌当干粮

工农红军跟着党，
个个有副好金嗓，
行军三天不吃饭，
唱首山歌当干粮。

不是红军我不爱

不是好树我不栽，
不是红军我不爱，
好像湖中并蒂莲，
只等蜂子飞来采。

郎投红军不怕难

郎投红军不怕难，
水中点亮要点燃；
不上高峰脚不止，
不到黄河心不甘！

除非春天不开花

老鸹要叫让它呱，
风吹大树让它刮。
要我不恋红军哥，
除非春天不开花！

要当红军不怕杀

要吃辣椒不怕辣，
要当红军不怕杀，
刀子架在颈根上，
眉毛不动眼不眨！

凤凰莫落乌鸦群

鲜花莫插牛屎中，
凤凰莫落乌鸦群，
穷汉莫入团防队，
免打烂锣坏鸣（名）声！

红军杀敌进了山

红军杀敌进了山，
好似月亮在天边；
月亮团圆是十五，
我们团圆是哪天？

老子名字叫红军

不变心来不变心，
除非团鱼长了鳞；
站着死来竖着埋，
老子名字叫红军！

红军不怕死来缠

红军不怕死来缠，
死到地府心也甘；
杀头犹如风吹帽，
坐牢好比逛花园。

我望红军得胜利

红军在东我在西，
好比犀牛望月起；
犀牛望月涨大水，
我望红军得胜利！

哪怕屠刀逼胸前

红军骨头比钢坚，
哪怕屠刀逼胸前。
要叫老子来投降，
除非楼板是苍天！

韭菜割了又抽苈

韭菜割了又抽苈，
要杀要砍由你们；
今天倒下我一个，
明天站起千万人！

我送红军杀敌人

湖边长来湖边生，
驾船不怕顶头风。
千条江上我要走，
万条河上我敢行，
我送红军杀敌人！

我望削岩盼红军　　穷人拿枪跟党走

天地盘成石牙巴，　　　生不丢，死不丢，
好像刀刃遍地插。　　　穷人拿枪跟党走。
我望削岩盼红军，　　　要我半路来反水，
满腹思念心中挂。　　　除非长江水倒流！
只想拿枪闹革命，
望得山岩开了花。
若见红军在峰顶，
猴子能爬我能爬。

注：石牙巴，即交错纵横的
山峰。

第七辑

少共队员逞英豪

折根芦苇当长枪

洞庭湖，芦叶黄，
芦叶长在芦秆上，
做个哨子吹得响，
折根芦苇当长枪。
我来吹哨子，
你来舞长枪，
我们一同杀向前，
杀了土豪杀老蒋！

少共队员逞英豪

打埋伏，斗志高，
少共队员胆气豪。
别看大家个子矮，
别说大家年龄小，
东边树林放一枪，
西边山头打一炮，
南边诱敌留条路，
打得白匪把枪缴。

铜铁洋硝做西瓜

少共队员手段佳，
铜铁洋硝做西瓜，
西瓜埋下盖层沙，
轰隆一声震天响，
炸得白匪回老家。

站岗拿起红缨枪

站岗拿起红缨枪，
两面闪闪放金光。
盘查行人要仔细，
不叫奸细混过岗，
不叫白匪漏了网。

红军哥哥到我家

地米子菜开白花，
红军哥哥到我家，
不是你抢挑水桶，
就是他把扫把拿，
不沾百姓一根草，
对待百姓像一家，
南兵北兵见多少，
从没见过这么佳，
红军说声要开差，
大小伢子把衣拉：
"红军同志几时回，
再来一定到我家，
我们没有好招待，
还请同志包涵下。"

我爱我的红缨枪

红缨枪，五尺长，
栗木枪杆比钢强。
武装红色赤卫队，
一心为的保家乡，
红军号角震天起，
依靠湖上作战场。
勇敢冲锋去杀敌，
一枪一个见阎王，
杀的白匪喊饶命，
杀的白匪直投降。
红缨枪来性情刚，
我爱我的红缨枪。

红军还比爹娘亲

红军路过我家门，
抚摸我头笑盈盈，
口里连叫小朋友，
慈祥眼光柔和声，
红军还比爹娘亲。

红军哥哥快回来

圆月亮，过河来，
红军哥哥快回来。
自打你们走过后，
百姓心里无主张，
妈妈把路都望断，
奶奶把山都望穿，
我和妹妹成天盼，
两眼哭成红圈圈。
敌人带着还乡团，
害得我们太凄惨。
夺去我们的田，
抢走我们的粮，
拉走了牛和猪，
烧毁了住的房，
苏主席被绑遭枪打，
苏维埃政府被烧光。
红军哥哥在哪里？
盼望你们快回来，
回来回来快回来，
回来给大伙报仇来。
夺回我们的胜利果，
消灭一切反动派！

日夜只望红军来

小公鸡，跳花台，
天亮只望红军来，
好吃一碗安稳饭，
好穿一双合脚鞋。
小公鸡，入笼内，
夜里只望红军来，
好睡一个伸腿觉，
好说一句表心怀。

请你捎信共产党

喜鹊鸟，尾巴长，
请你捎信共产党，
自打红军离开后，
百姓好比失了娘。
妈妈把路都望断，
奶奶把山也望穿，
我和妹妹成天盼，
两眼哭成红圈圈。

摸哨歌

晚上静悄悄，
红军去摸哨，
慢慢走慢慢行，
红军真机灵。
去到白军营，
先捉站哨兵。
排枪一齐打，
白军喊爹妈，
跪下来求饶，
低头把枪交，
红军哈哈笑：
"一群大草包！"

真把爹爹喜坏啦

锣鼓敲，胡琴拉，
红军战士到我家。
一不吃我家的饭，
二不喝我家的茶，
刚刚坐下又站起来，
扛起犁耙把地下，
样样农活做得巧，
真把爹爹喜坏啦。

月光光

月光光，照四方，
照我姐，照我娘。
照我姐姐绣花袋，
照我妈妈做衣裳；
衣裳送给红军哥穿，
花袋送给红军哥装干粮。

从小革命老更红

一十二岁闹暴动,
老哥说我年纪轻,
像钝刀子切肉皮面上割,
像薅锄子挖土没好深,
长大再来搞革命。
我说老哥你听清,
钝刀子切肉只要经得割,
薅锄子挖土只要来得匀,
淡酒多杯也醉人,
从小革命老更红!

我在湖边打山歌

牛在路边啃青草,
我在树上打山歌,
山歌打得满湖飞,
情报送给红军哥。
白匪休想来偷袭,
湖边放哨像飞鸽,
利用山歌传信号,
山歌唱给红军哥。

牵牛花

牵牛花,吹喇叭,
欢迎红军到我家。
爬上篱笆做什么?
好给红军来戴花,
红花乐得笑哈哈。

大月亮

大月亮,照粉墙,
红军哥穿白衣裤难进房,
我到外头来许愿,
又在房中烧拜香,
保佑乌云遮月光。

月亮大,照粉墙,
照见红军哥来看娘,
又怕大山之中出猛虎,
又怕隔壁路上出豺狼,
阴了月亮好进房。

第八辑

巩固苏区万万年

南洲城里红旗飘

南洲城里红旗飘,
红军有枪又有炮。
今天成立苏维埃,
分田分地打土豪,
穷人喜得天天笑。

工农掌权登上台

太阳出来扫雾霾,
春天来了百花开。
土豪喜欢"刮民党",
穷人喜欢苏维埃,
工农掌权登上台。

红军一来把头抬

如今红军南洲来,
只看白军都垮台。
地主老财心胆战,
土豪劣绅哭哀哀,
穷人个个把头抬。

苏区好

苏区好,地方宽,
千家万户笑开颜。
共产党好比红太阳,
红军都是铁罗汉,
打得白匪早完蛋!

敢叫湖区又红天

洞庭湖里芦苇宽，
红军几多看不见，
隐蔽起来好作战。
消灭白匪千千万，
敢叫湖区又红天！

革命胜利定回家

门前石榴开红花，
妹当红军别爹妈。
女儿此去三五年，
革命胜利定回家，
再来孝敬老爹妈。

红军专打白匪军

猫头鹰专吃害人鼠，
穷人专斗老财东，
猎枪专打狗豺狼，
红军专打白匪军，
工农专掌大红印。

苦换甜来幸福长

大马刀，背身上，
腰间别着毛瑟枪，
东山之中打游击，
四面八方作战场，
渴了饮捧清泉水，
饿了吃餐野物粮，
红军打江山不怕苦，
苦换甜来幸福长。

注：方言，野物即野兽。

苏区太平好兴旺

红旗一挥哗哗响，
红军队伍有力量。
共产党来坐天下，
反动派它不久长，
苏区太平好兴旺。

人人拥护苏维埃

南洲城里红旗扬，
来了贺龙段德昌，
人人拥护苏维埃，
当家做主喜洋洋，
共产党江山万年长。

苏维埃政府领导好

黑夜过去天亮了，
割掉翳子眼光耀，
工农翻身站起来，
世界大事要知道。

苏维埃政府领导好，
报纸印得多精巧，
晚风吹来大树高，
村里到处听读报。

鸟雀朝着亮村飞，
大鱼要在洞庭跑，
不怕山高林又深，
好日子定快来到。

喜鹊高声把喜报，
苏维埃政府真正好，
如今县长为穷人，
孟庆友是好领导。

红旗飘满红苏区

红太阳，晚落西，
东风习习吹红旗，
村庄红旗高高飘，
红旗飘满红苏区。

红军队伍打游击，
昼伏夜出神不知，
碰上土豪我不理，
碰上白匪全部提。

白匪军，太卑鄙，
烧我房屋抢我衣，
死也向着共产党，
一颗红心挖不去。

大红旗，飘天际，
风吹旗杆顶天立，
永远守护苏维埃，
红旗万年色艳丽。

百乡千里红旗扬

芦林野地是我房，
青枝绿叶是我床，
湖里鱼虾是我食，
共产党是我亲爹娘。

哪怕白军再猖狂，
封锁洞庭无缝光，
一颗红心夺不去，
头断血流不投降。

血染红旗映太阳，
革命烈火烧得旺，
明天满地插红旗，
百乡千里红旗扬。

红军来了都翻身

地主为何那样富？
穷人为何这样穷？
大家要把根追清，
穷根打从哪里生？

地主恶霸狗狼心，
一天到晚谋害人，
重租还有高利贷，
逼死多少受苦人。

天下本是我们的，
今天就要还我们，
自己当家自做主，
红军来了都翻身。

创造一个新世界

铁链缠身难解开，
一人无力大家来。
工农紧跟共产党，
携手拥护苏维埃，
创造一个新世界！

南县建立苏维埃

红军进入南县来，
十字街口搭高台。
唤起工农团结紧，
建立政府苏维埃，
吓得豪绅叫哀哀。

红军来了坐天下

天不怕来地不怕,
打倒土豪和恶霸。
还我血债还我地,
土地房子回老家,
红军来了坐天下。

龙靠水来虎靠山

龙靠水来虎靠山,
我靠红军把身翻。
打倒地主和土豪,
消灭白匪报仇冤,
工农当家坐江山。

一把斧头一把镰

一把斧头一把镰,
工农翻身建政权。
受苦农民组织起,
实行反帝反封建,
革命成功万万年。

红军打来晴了天

红军打来晴了天,
穷苦人家笑连连。
三荒五月有饭吃,
九冬十月有衣添,
分田分土坐江山。

红军一到世道平

阴雨绵绵落不停，
大雾茫茫天不晴。
阴雨自有太阳出，
大雾终会刮春风，
红军一来世道平。

红色政权建起来

红军队队进城来，
工农纷纷站进来，
红布袖章戴起来，
红色政权建起来，
自由幸福一齐来。

巩固苏区万万年

今年民国十九年，
红军一来就查田，
打倒豪绅和地主，
山歌唱得闹连连，
巩固苏区万万年。

改天换地由我来

十字街头搭高台，
受苦工农围过来，
土豪劣绅齐滚蛋，
红军来了把头抬。
敲锣打鼓红旗舞，
县里成立苏维埃，
共产党给撑腰杆，
改天换地由我来。

每人节省一铜钱

每人节省一铜钱，
支持前方来作战。
反对浪费和腐化，
巩固苏区和发展，
工农力量大如天。

学好劳动当好家

林中李树开白花，
劳动妇女学犁耙，
哥在前方多杀敌，
学会劳动当好家，
妹在后方戴红花。

新做军鞋来集中

东方红来太阳升，
新做军鞋来集中。
红军穿上打白匪，
红旗引路打冲锋，
个个铁打似英雄。

红军鞋来送红军

红军鞋来送红军，
飞针走线好认真，
缝得密来抽得紧，
一针一线感情深，
穿上杀敌结红心。

第八辑 巩固苏区万万年

服侍伤员有耐心

妇女积极又认真，
服侍伤员有耐心，
粥饭口口喂进嘴，
换药时时手脚轻，
苏区只有阶级亲。

姐妹洗衣情意长

脚盆洗衣提桶装，
姐妹湖边情意长。
红军好比亲兄弟，
帮洗衣服也应当，
件件晾在竹篙上。

赤卫队员打游击

鸟枪土炮准备齐，
赤卫队员打游击。
别看我们非主力，
扩大苏区根据地，
配合红军勇杀敌。

太岁头上敢动土

唱歌凭我这张口，
杀敌凭我这双手，
革命凭我这颗心。
翻身从此跟党走，
太岁头上敢动土。

万里河山笑颜开

共产党啊他一来，
万里河山笑颜开，
穷人挣断铁锁链，
个个能够把头抬，
人人心里乐开怀。

共产党来了像娘亲

日头出来东方明，
共产党来了像娘亲。
如今世道变了样，
组织农会来翻身，
共产党让我做主人。

只靠红军打江山

穷人要想把身翻，
不靠地来不靠天，
不靠神来不靠仙。
天地神仙靠不住，
只靠红军打江山。

打下江山靠红军

天塌下来长子顶，
地陷下去水来平；
红军何来包天胆，
个个都是子弟兵。
打下江山靠红军。

红军一到幸福来

阳雀一叫百花开，
红军一到幸福来。
千年凤凰把翅展，
万载金龙把头抬，
山歌唱得乐开怀。

共产党来得解放

穷人生活哭断肠，
麻布衣裳破又凉，
无屋无田无饭吃，
地主好比活阎王，
共产党来得解放。

穷人翻身喜连连

穷人翻身喜连连，
有粮有衣又有钱。
过去六月是荒月，
如今六月胜过年，
抬头挺腰立台前。

红军不来花不开

南洲春来是花海，
朵朵红花惹人爱。
红军不来花不开，
红军来了花不谢，
千秋万代开不败。

红军到处打胜仗

蜡梅开花满院香，
哥哥去把红军当，
哥哥当兵登高山，
妹妹当兵运子弹；
对面山上打一仗，
缴了白匪好多枪，
左手拿起手榴弹，
右手拿起驳壳枪；
白匪官兵已送死，
红军到处打胜仗。

千朵万朵送给他

石榴树，快开花，
开得花朵满树挂。
只等红军快回来，
千朵万朵送给他，
映得苏区美如画。

会唱山歌会革命

会织布来梭对梭，
会唱歌来歌接歌；
会唱山歌会革命，
红色山歌流成河，
苏区人民暖心窝。

人人拥护苏维埃

开会拥护苏维埃，
拳头举入云天外；
打仗拥护苏维埃，
家家梭镖抬出来；
人人拥护苏维埃，
草房变成红楼台。

勤快后生是红军

女：

青青竹子迎风摆，
砍下竹子编成排，
竹排放入江河水，
冲到汉口做买卖。
哥在江里猛摇橹，
妹听号声笑心怀。

男：

如今建了苏维埃，
苏区面貌像画彩，
哥为苏区当采买，
几样东西往回带。
好绣一双行军鞋，
行走万里表心怀。

女：

天上彩云要一朵，
十五月亮要一轮，
蛤蟆胡须要四两，
蚂蟥骨头要半斤，
勤快后生要一个，
配上南海观世音。

男：

天上彩云是花镜，
十五月亮是圆镜，
蛤蟆胡须是丝线，
蚂蟥骨头绣花针，
我勤快后生是红军，
配你南海观世音。

苏维埃政府早分田

"布谷"鸟儿叫一声，
苏维埃政府田早分，
姐有田插郎帮工，
白竹布褂子忙扎起，
黄丝腰带两边分，
鞭子一响开秧门。

哥开秧门下秧田，
问姐早秧是哪几帘？
姐说郎哥你听我言：
"一帘、二帘、三帘是黄壳早，
那四帘、五帘是雷火粘，
糯米秧苗第六帘。"

姐说我的哥哎听我的：
"扯秧要扯荷包口，
莫扯得蚂蚁子上树节节稀。"
郎哥回音给姐听：
"我扯好秧一片绿，
插得田中上下无高低。"

梭镖闪闪放银光

梭镖闪闪放银光，
工农红军震四方，
年轻力壮当红军，
英勇善战逞刚强。

梭镖闪闪放银光，
要把全国都解放，
消灭万恶国民党，
好过幸福新时光。

梭镖闪闪放银光，
杀尽敌人回家乡，
苏区百花重开放，
人民幸福乐无疆。

石板搭桥万万年

杨梅酸来李子甜，
苏维埃成立新政权，
红军穷人心相连。
革命成果稳如山，
石板搭桥万万年。

红色政权万年长

高山种粟粟又黄，
苏维埃靠的红军枪，
一座青山只养得一只虎，
两只虎来虎相伤，
红色政权万年长！

实行共产人人欢

实行共产人人欢，
破了华容占南县。
豪绅地主无路走，
好比毒蛇无缝钻，
打你七寸快完蛋！

自由幸福喜洋洋

离婚结婚莫要慌，
不要父母作主张，
不要媒人来说合，
只要双方情意长。
结为夫妻白头老，
自由幸福喜洋洋。

革命四季歌

春季桃花遍地红，
可恨一些寄生虫，
工农士兵联合起，
组织武装来暴动，
建立苏区打冲锋。

夏季荷花满池塘，
到处工农闹忙忙，
工农士兵联合起，
不怕白匪来清乡，
要夺白匪炮和枪。

秋季菊花满篱香，
到处工农闹忙忙，
工农士兵都联合，
杀尽豪绅无处藏，
军阀走狗一扫光。

冬季梅花对雪开，
要把政权夺过来，
土地问题都解决，
丰衣足食好安排，
完成革命幸福来。

拥护全苏代表会

日头一出东边红，
加紧分田大运动；
拥护全苏代表会，
打破敌人的进攻，
人民江山坐得稳。

苏区红旗满天飘

苏区红旗满天飘，
土地革命胜利了，
到处成立苏维埃，
男男女女齐欢笑，
穷人当家真正好！

共个太阳两个天

共个太阳两个天，
天地总是不相连，
反动派来村庄里，
抓丁派谷又派款。

共个太阳两个天，
天地总是不相连，
红军来到村庄里，
减租废债又分田。

共个太阳两个天，
天地就是不相连，
哪里建立苏维埃，
哪里人民见青天。

共个太阳两个天，
天地就是不相连，
哪里没建苏维埃，
哪里人民受熬煎。

扎彩匾

买彩绸，买彩缎，
买来绸缎扎彩匾，
扎起彩匾挂哪里？
挂在苏维埃门上边，
穷人看了笑红脸。

红色歌谣不能丢

碣石可把长江堵，
堵不住唱歌人的口；
洞庭湖水可以干，
红色歌谣不能丢。
要唱歌来要唱歌，
不唱心里不快活，
唱歌为的把恨消，
唱动天地口不渴。

南县苏区赛山歌

南县苏区赛山歌，
好像花开千万朵。
无粮无粙不成酒，
无军无民不成歌，
声声飞自心窝窝。

红军与歌同闻名

唱歌要发百灵声，
骑马要挂响铜铃；
马跑百里铜铃响，
歌传千里万人听。
红军与歌同闻鸣（名）！

党的恩情深又长

沱江流水日夜忙，
波涛滚滚赛长江，
虽说流水长千里，
难比党的恩情长！
无底潭水明如镜，
似海深来水澄清，
虽说潭水深千尺，
难比党的恩情深！

苏区越扩越火红

山歌越唱越有瘾，
马刀越磨越有锋，
革命越干越有劲，
苏区越扩越火红。

山欢水笑苏区红

蛟龙闹海舞彩虹，
猛虎出山气势雄；
红军杀敌飞捷报，
山欢水笑苏区红。

红军标语喷霞光

红土水，写墙院，
标语条条满乡间，
字字如火喷霞光，
映得湘鄂西红了天！

红军全靠工农护

红军高山栽杉树，
工农湖边栽金竹；
杉树好做圆圆桶，
金竹好做紧紧箍。
红军全靠工农来拥护。

红军郎哥报捷来

渡湖越水又过排，
红军阿哥骑马来。
听见郎哥传捷报，
小妹迎接忘穿鞋，
辫子跑得竖起来！

工农红军岭头松

苏区是座大山岭，
工农红军岭头松；
松靠山岭顶天立，
岭靠松树永常青。

对面有丘红军田

对面有丘红军田，
不觉种了两三年；
日里进湖杀白匪，
夜里耕作透心甜。

革命胜利歌

赤色旗儿遍三湘，
红军勇敢谁敢当，
军阀白党都打垮，
工农解放喜洋洋。

赤色旗儿遍湘鄂，
工农压迫已解脱，
中国共产党根基固，
江山一统好快乐。

赤色旗儿遍世界，
帝国军阀自崩垮，
只有无产大团结，
推翻宗法建新华。

我今来唱共产歌，
无产专政像苏俄，
上无献媚下无骄，
自由平等人人乐。

妹妹同哥跟党走

天上有颗伴月星，
地上有根缠树藤；
妹妹同哥跟党走，
好像利箭配强弓。

情妹给郎做军鞋

情妹给郎做军鞋，
鞋头红球放光彩，
穿上跟党走天下，
打出一个新世界。

幸福搭帮党带来

山歌好唱口难开，
樱桃好吃树难栽；
苏区年年兴旺景，
幸福搭帮党带来。

红军雄威天下闻

海宽容得千江水，
天宽装得万座峰；
雷打一声八方应，
红军雄威天下闻！

岩上刻字万万年

大锤挥，凿子闪，
百丈标语落青山，
"红军跟党打天下"，
岩上刻字万万年！

红军穷人心贴心

藤子缠树树缠藤，
竹子连根根连笋；
共产党指路我们走，
红军穷人心贴心。

世上穷人心连心

山中竹笋根连根，
世上穷人心连心，
竹笋逢春顶天立，
穷人跟党造乾坤。

扛枪打出红天下

枯木逢春发新芽，
苦藤向阳结甜瓜；
穷人一心跟党走，
扛枪打出红天下！

游击对策

敌来我隐蔽，
敌去我就追；
敌多我撤退，
敌少我包围。

苏区干部吃了亏

苏区干部脚如飞，
野外办公吃得亏；
五更早晨披星出，
半夜三更戴月归。

红旗红马红缨枪

红旗红马红缨枪，
闹革命离不开共产党。
千里马征战认得路，
红军忘不了老故乡。
山南海北飘红旗，
苏区处处见太阳。

歌　尾

起步就是千万年

开弓没有回头箭，
扬帆没有倒行船，
穷人跟党干革命，
起步就是千万年。
开创人类新纪元！

后　记

　　地处湘楚文化腹地的南县苏区这片红色热土，90多年前产生的红色歌谣，是典型的非物质文化遗产。我们不能让其自生自灭，应该好好抢救挖掘和搜集整理，一代一代传承下去。我曾搜集整理过《湘鄂西苏区歌谣》，于中华人民共和国成立40周年前夕的1989年8月由中国民间文艺出版社出版发行。这些红色歌谣，是第二次国内革命战争时期湘鄂西苏区广大劳苦群众为表达自己的政治呼声，记录当时伟大的革命斗争实践，反映革命武装斗争生活和大众革命文化而编唱的，具有一定的史料价值和文学价值。在南县文联领导的支持下，由本人搜集整理，并与南县诗词家协会共同编辑的《南县苏区歌谣选》就要与大家见面了，这是值得庆幸的事。

　　习近平总书记指出："把红色基因传承好，确保红色江山永不变色。"传承好红色基因，确保红色江山永不变色，必须在弘扬红色文化中坚持守正创新，旗帜鲜明地反对和抵制历史虚无主义。守正，守的是中国共产党的文化领导权和中华民族的文化主体性，守的是红色文化的思想灵魂、精神内核、根本立场；创新，是要在传承的基础上，结合新的时代条件和实践要求，不断丰富和发展红色文化的内涵和表现形式，彰显其时代价值和时代特色。

近年来，我利用退休后的时间，将在过去数十年中搜集的近千首南县苏区歌谣进行了整理，获480余首，加上以前整理的，共计600余首。这是红色资源，是红色文化的载体；也是红色基因，是红色文化世代传承的一种密码。20世纪60年代后期，我就开始关注民间流传的红色歌谣；到70至80年代，又因为参军当汽车兵驰骋在湘鄂西大地上的缘故，自然方便地搜集到了许多红色歌谣，后向解放军出版社主办的《星火燎原》等报刊投寄了一些，并得以刊登（以至于到2021年国家文化和旅游部民族民间文艺发展中心根据《中国歌谣三集成》选编出版《红色歌谣》时，还能收录我曾搜集整理的《老子名字叫红军》等）。后我又有机会参加了益阳地区《民间文学三集成》歌谣卷的编辑工作，从而使我加大了对红色歌谣的搜集整理力度。整理这些歌谣，不但是对那个时代的一种纪念，而且还是保护传承这种红色非物质文化遗产的一种方式。这些苏区歌谣属时政歌，是劳动人民有感于切身政治状况而创作的，能够反映出那个时代的政治面貌。在这块热土上，曾经吹拂和流行过楚时代的"风""骚"，这些歌谣与流传的民谣一脉相承。谢觉哉回忆湘鄂西苏区说："特别是唱新民谣，一传十、十传百，党的政策和鼓励口号通过新民谣很快地传到每个人的心里。"当时，"在工农群众中，最容易发生效力的是歌谣及一切有韵的文字，因为最适合他们的心理，并且容易记忆。所以关于文字方面的宣传，多有仿用十二月、十杯酒、闹五更、孟姜女等调，或用十字、六字句的韵文。在许多环境较好的地方，都可以听见农民把这些新调，提起喉咙高唱。"

　　南县苏区歌谣内容丰富，种类繁多，大多是四句头或五句头。另外还有十字调、五字调、四季调、十二月调、莲花落、三棒鼓等。苏区歌谣，以积极的态度反映现实，揭示旧社会的黑暗，鞭挞压迫剥削者的罪行，追求光明美好的生活，以及反映人民群众建立苏维埃政权享受当家做主人的愿望。苏区歌谣继承和发扬了中国的浪漫主义文化精神，并与现实主义相结合。苏区歌谣，是历史最为生动活泼的一部分，虽然存在粗糙的地方，还不十分精美，然而却纯朴、清新、富有生命力。它是苏区广大人民群众喜闻乐见的艺术品，兼有教育、娱乐、审美与纪实作用。苏区歌谣构思奇特，艺术形象生动。由于苏区领导者的倡导，所形成的大唱革命民谣的风气多年不衰。如段德昌的《我到红军把兵当》等。正因为红军将领和红军战士、苏区干部带头编唱，苏区歌谣才给人以"旧瓶装新酒"之感。有的利用旧的格调编唱新词，有的则借鉴吸取传统民歌的语言、形象、手法，创作新歌，推陈出新。苏区人民巧妙地运用歌谣传统的赋比兴手法，塑造出鲜明而生动的艺术形象，表达了其深刻的思想和强烈的感情。

　　苏区歌谣，不同于作家文学，它属于民间文学范畴，具有多种价值，作为意识形态的综合体现，兼有文学、科学、哲学等多方面的内容。这种出处不明、全凭口传的诗歌，乃是人民灵魂的忠实、率真和自发的表现形式，是人民的知己朋友，是人民向它倾吐悲欢苦乐的情怀，也是人们的信仰、家庭与民族历史的储存处。这些歌谣，不愧为湘楚文化腹地诞生的一份宝贵的红色非物质文化遗产，理应受到我们今人的重视与爱护。

历史告诉我们，每一种伟大精神、每一个历史瞬间、每一个民族记忆，都是坚定文化自信、确立文化主体性的坚固基石。大力传承红色基因、谱写红色文化新篇，才能更好地让中华民族精神大厦巍然耸立，让社会主义文化繁荣发展，并获得源源不断的动力。

在经济大潮形势下，搜集整理这些歌谣，有极个别的人说我做的是无效益的事，或者说我是想出名了，甚至说我是不务正业等。当然，大多数人夸我是不忘初心，在做一件功德无量的事。其实，我只是做自己愿做的事而已，无关名利和功德。自己愿意作为南县苏区歌谣的传承人，把这些宝贵的红色非物质文化遗产从民间搜集来并传承下去。如果能让生活把苦难深重的过去、日新月异的现在、光明宏大的未来贯通起来，那将是一种非常美好的境界。这将让红色文化更加生动、鲜活地呈现在人们面前，给子孙后代留下一份宝贵的精神财富，为苏区歌谣的传承做出一份应有的贡献。

这本《南县苏区歌谣选》的出版，是在许多领导和朋友们的关心支持下实现的。特别要感谢县文联、县老干部活动中心、县民政局、县退役军人事务局、县党史编纂室等单位对南县诗词家协会编辑出版此书的支持，没有大家的积极努力，就没有这本《南县苏区歌谣选》的公开出版。

彭佑明

2025 年 1 月 1 日